YULIA
MARFUTOVA

DER HIMMEL VOR HUNDERT JAHREN

ROMAN

ROWOHLT

2. Auflage September 2021

Originalausgabe
Veröffentlicht im Rowohlt Verlag, Hamburg, April 2021

Satz Pinkuin Satz und Datentechnik, Berlin
Druck und Bindung CPI books GmbH, Leck, Germany
ISBN 978-3-498-00189-6

Im Gedenken an meine Großmutter
und an meinen Großvater, der das gesprochene
und das geschriebene Wort liebte

Digressions, incontestably,
are the sunshine ...
Laurence Sterne

But I digress.
Salman Rushdie

I

Aus der ganzen Gegend kommen sie, einfach alle kommen sie, um Ilja zu befragen. Hält sich das Wetter, Ilja? Wird es bald regnen, Ilja? Wird es eine gute Ernte, Ilja? Sollen wir das Heu einfahren?

Ilja, Ilja!

Und Ilja, der Weißbärtige, Ilja, der Verrunzelte, Ilja, der halb Blinde, führt sein Gesicht ganz dicht ans Glasröhrchen, bleibt mit der Nase nur einen Lufthauch vor dem Glas stehen, betrachtet lange das Quecksilber darin und sagt, mehr zu sich als zu den gespitzten Ohren, mhm. Und ein Raunen steigt an: Was, was hat Ilja gesagt? Und ein Köpfezerbrechen fängt an: Was, was heißt «mhm»? Und sie alle tragen es zurück in ihre Dörfer, dies und das hat Ilja gesagt. Und Ilja hat noch immer recht behalten. Jedes Kind weiß das.

Das Röhrchen. Steigender Luftdruck bedeutet gutes Wetter, fallender schlechtes. Aber vor allem hat das Röhrchen einen wohlklingenden, weil fremd klingenden Namen. Griechisch, sagt Ilja. Niemand, nicht einmal Ilja, ist jemals nach Griechenland gereist. Die Leute hier verreisen nicht.

Niemand kann sich erinnern, wie Ilja in den Besitz des Röhrchens gekommen ist. Das muss vor sehr langer Zeit gewesen sein. Zu einer Zeit, als exotische Waren von durchreisenden Händlern feilgeboten wurden, als Fremde noch in diese, übrigens fruchtbare, saftgrüne Gegend kamen, eine Zwischenstation, eine falsche Abbiegung, aber immerhin. Zu dieser Zeit muss es gewesen sein, dass Ilja (oder der Ilja-Vater oder der Ilja-Großvater) dieses Zauberröhrchen erstanden hat, dieses Zauberstäbchen, zu dem alle, alle Pilgerpfade aus der Umgegend führen. Die Leute hier verreisen nicht, aber zum Röhrchen kommen sie.

Niemand fragt, wie alt bist du, Ilja? Was für eine dumme Frage. Wie soll man das auch wissen? Niemand, nicht einmal Ilja, könnte sagen, wie alt Ilja ist. Auch nicht die Ilja-Eltern, wenn sie noch leben würden.

Wenn die Leute Kinder kriegen, dann haben sie Besseres zu tun, als sofort in die Stadt zu gehen. Meist warten sie ein, zwei Jahre, manchmal länger. Am günstigsten ist es, die Geburt eines zweiten Kindes abzuwarten, aber auch dann begibt man sich nicht sofort in die Stadt. Es kommt vor, dass in dieser Zeit ein weiteres Kind geboren wird. Auch die Ilja-Eltern werden sich nicht beeilt haben, der Ilja-Vater wird erst irgendwann und eher unwillig aufgebrochen sein, in die Stadt, die nicht gerade weit, aber auch nicht sehr nah gelegen ist, wenn man zu Fuß gehen muss. Der Beamte wird ihn kaum angesehen haben. Name? Geburtsort? Geburtsdatum? Und der Ilja-Vater wird sich verlegen am Kopf gekratzt haben, den Umgang mit sogenannten Respektspersonen gar nicht gewohnt. Äh, ja, mhm. Und der Beamte wird gefragt haben: Nun, wie ist denn *dein* Name? (Kaum wahrgenommenes «Du» des Amtes, von oben herab.) Und der Ilja-Vater wird gesagt haben: Ilja. Und der Beamte wird gesagt haben: Gut, gut, nennen wir den Sohn auch Ilja. Ilja Iljitsch. Und dann wird er keine weiteren Fragen mehr gestellt haben, den Rest selbst ausgefüllt und eine schwungvolle Unterschrift daruntergesetzt. Und das Geburtsdatum wird mit dem Ausstellungsdatum identisch gewesen sein. Und der Ilja-Vater wird das Blatt behutsam mit ins Dorf gebracht, es seiner staunenden Frau gezeigt und irgendwo aufgehoben haben, wo es schnell in Vergessenheit geriet, weil so ein Stück Papier eigentlich für nichts von Nutzen ist.

Der Ilja-Vater konnte natürlich nicht lesen. Ilja kann wahrscheinlich auch nicht lesen, aber zutrauen würde man es ihm schon.

Überhaupt ist ein Geburtstag nicht so wichtig, jedenfalls nicht so wichtig wie der Namenstag, an den die Kirche erinnert. Den Namenstag feierten Ilja und der Ilja-Vater, als dieser noch lebte, zusammen. Aus den Öfen des Dorfes kommt an diesem Tag ein Geruch, bei dem das Wasser nur so im Munde zusammenläuft. Und natürlich wird gesungen, auch wenn die Töne etwas schief geraten. *Kak na Iljiny imeniny ispekli my karawaj, wot takoj wyschiny, wot takoj schiriny* usw. Der Text wird mit Armbewegungen unterstützt.

Dass niemand genau wissen kann, wie alt Ilja ist, bedeutet nicht, dass es keine Meinungen gibt. Irka zum Beispiel sagt, er ist so ungefähr, na so ungefähr, also älter als die große Trauerweide, das sicher nicht. Obwohl andere das behaupten. Andere behaupten auch, dass Ilja schon einen weißen Bart hatte, als die Uferböschung noch nicht befestigt war. Das ist schon viele, viele Ernten her.

Nicht alle kommen sie zu Ilja. Pjotr, der selbst einen weißen Bart hat, einen buschigen, einen krausen, hält nicht viel von ihm, noch weniger vom Röhrchen. Wenn jemand nur ansetzt, die Lippen zum ersten Röhrchen-Laut formt, steigt Pjotr die Hitze ins Gesicht, und er spuckt aus, möglichst laut, und ein schleimiges Klümpchen landet mal auf, mal neben den Füßen desjenigen, der das Wort hatte sagen wollen. Die Erwachsenen sind vernünftig; höchstens im Moment allergrößter Unachtsamkeit würden ihnen die ersten Laute, niemals aber mehr als die erste Silbe entschlüpfen. Die Kinder jedoch sind fasziniert vom Zusammenhang zwischen dem Wort und Pjotrs Speichelfluss. Sie hüpfen um ihn herum und rufen: Röhrchen! Röhrchenröhrchenröhrchen. Und Pjotr spuckt aus und spucktspucktspuckt. Diese Bälger, diese dummen Bälger, dass die einen nie in Ruhe lassen. Und was fast schlimmer ist: Verdammt schnell sind sie, wissen, wie man wegspringt, um kein Schleimklümpchen abzubekommen.

Die Erwachsenen strömen zu Ilja, die Kinder suchen Pjotr heim. Und viele hundert Werst entfernt hat ein Mann eines Jahres herausgefunden, wie man die Speichelproduktion von Hunden beeinflussen kann. Iwan soll der Mann geheißen haben. Iwan, Iwanuschka, ein Name wie aus einem Märchen. Doch von diesem Iwan weiß man nichts mehr. Von fern her angespült, Treibgut auf verschlungensten Pfaden, wurde die Nachricht gleich wieder vergessen, weil niemand auf sie gewartet hat. Man hat hier eigene Hunde, die wichtiger sind.

Jeden Morgen nach dem ersten, aber noch vor dem zweiten Hahnenschrei – das ist die beste Zeit, sagt Pjotr – verlässt er das Haus, geht die große Straße hinunter, dann links, noch mal links und querfeldein ans Flussufer. Befeuchtet einen Finger mit der Zunge, hält ihn in die Luft. Legt sich auf den Bauch ins Gras, das Gesicht auf einer Höhe mit dem Wasser. Beobachtet die Strömung. Richtet sich auf, nicht ohne zu stöhnen, die Gicht in den Knochen, und sagt zu seiner Frau, wenn er auf den Hof zurückkehrt: Mhm.

Pjotr sagt, der Fluss ist zuverlässiger als irgend so ein Röhrchen. Pjotr sagt, er hat schon so lange einen weißen Bart, und der Fluss schlängelt sich noch länger durch die Landschaft. Pjotr ist, gemessen an der Länge und Weißheit seines Barts, der Zweitälteste im Dorf.

Der Fluss, im Dorf immer nur «der Fluss» genannt, beherrscht diese Gegend, indem er das Land viele Tagesreisen lang in zwei Ufer spaltet, sich dann verzweigt und abzweigt, in fremden Namen mündet, mancherorts ganz zum Flüsschen oder Rinnsal schrumpft, bloß um andernorts erneut zu imposanter Breite anzuwachsen. Der nie anders kann, als sich immer nur zu verzweigen und in seinen Verzweigungen sich einen Weg zu bahnen, von dem es heißt, dass er gar bis in die Barentssee reiche. Unvorstellbare Weite.

In manchen Gegenden spült der Fluss Schiffsplanken an Land, vom Wasser ganz zersetzte, zersplitterte Hölzchen. Seltener findet sich rostüberzogenes Eisen. Noch seltener anderes; Leinen zum Beispiel. Reste von Schiffen, an Stellen, wo der Fluss eine Handelsroute bedeutet.

An dieses Ufer aber hat der Fluss noch nie etwas gespült. Wenn Pjotr zwischen dem ersten und dem zweiten Hahnenschrei aufbricht, findet er nur, was man immer findet. Wenn er steht und nach unten schaut: Grasbüschel, Käfer, Steinchen, Erde, Wasser, die eigenen Füße. Wenn er schielt: die eigene Nase. Wenn er auf dem Bauch liegt und geradeaus oder nach oben schaut: das Blaugrau des Wassers mit dem etwas helleren Blaugrau des Himmels. Der Horizont verklebt das Wasser fast nahtlos mit dem Himmel, nur ein paar Bäume und Büsche dazwischen. Manchmal dazu die Fäden des Regens.

In manchen Gegenden, das sind die Gegenden, die auf Landkarten verzeichnet sind, die es zu präzisen Linien und Strichen, Schraffierungen und Punkten mit penibelsten Aufschriften gebracht haben, die nicht aus schierem Desinteresse der Landvermesser und ihrer Auftraggeber bloß eine grüne Fläche mit einer undulierenden blauen Linie geblieben sind, in solchen Gegenden nun wird das Treibgut aufgelesen, wird das Treibgut handverlesen und: in den Warenverkehr wieder eingereiht. Ein Teil der Hölzchen, des Eisens, des Leinens wird in große Säcke gestopft und, nicht zu wenig feilschend, auf Marktplätzen verhökert. Ein florierendes Geschäft. Anscheinend gibt es Leute, die mit dem Krempel etwas anfangen können, Leute, die sogar bereit sind, dafür zu zahlen. Allerdings nur auf ferner gelegenen Marktplätzen. Wer es bloß ein paar Schritte zum Fluss hat, verkauft nur.

Die wertlosesten Dinge sind die wertvollsten. Das sind die sogenannten Schätze. Sie werden nicht in Säcken, sondern einzeln, in Schatullen, in größere Orte gebracht, worunter man die kleineren Städte der Oblast versteht. In den wirklich großen Städten sammeln die reichen Bürger in diesem Jahrhundert keine Raritäten und Kuriositäten mehr, erst recht nicht die unverkäuflichen Reste der Reste von Schiffen.

Manchmal, eher selten, versucht man es noch mit den Dörfern. Man reist den Fluss entlang, bis man dahin kommt, wo die großen Schiffe nicht hinfahren, so weit, aber bis zu Pjotrs Uferstück dann doch nicht. Und die Bewohner strömen zum Marktplatz, auch wenn eigentlich nicht Markttag ist, um den Fremden genauso zu bestaunen wie seine Schätze. Ein Hut wird auf den Boden gelegt. Klimpern. Die Leute kaufen nichts. Sie zahlen, nur um die Schätze zu sehen.

Es heißt, der Fluss brachte mit einem seiner Schiffe auch das Röhrchen. Anders kann es nicht gewesen sein, hier in der Gegend hat schließlich alles mit dem Fluss zu tun; alles hat mit allem zu tun und jeder mit jedem. Nur gut, sagen die Alten im Dorf, dass Pjotr noch nicht darüber nachgedacht hat. Wie würde sie ihn ärgern, diese Verbindung von Röhrchen und Fluss, diese Hinterhältigkeit, in der das Dahinterstecken schon angelegt ist, allein der Gedanke, dass es so besehen der Fluss ist, sein Fluss, der ihn zum Ausspucken bringt.

II

Ein Frühjahr, nachdem der Lieblingshund des Dorfes gestorben, elendiglich und ohrenbetäubend kläffend an verdorbenem Fleisch krepiert ist, im zweiten Frühjahr, nachdem die Schneeschmelze, ein einziger falscher Schritt, der alten Petrowna ein Bein und die Hüfte brach, drei Frühjahre, nachdem einer von Werweißwoher kam, so drahtig und blass um die Nase, fast noch ein Kind, eine Nacht blieb und dann mit vier Hühnern verschwand, geht der Gesprächsstoff einfach nicht aus.

Während der Fluss, so wie alle Flüsse, fließt, während Ilja und Pjotr mhm sagen, wenn auch grundverschieden, rutscht eines Tages der Ilja-Frau ein Messer aus der Hand und fällt zu Boden. Es ist ein Küchenmesser, hölzerner Griff, schon etwas stumpf geworden vom vielen Schnippeln und Schnetzeln, und macht mit der Klinge ein lautes Geräusch, als es aufprallt und Essensbröckchen auf dem Boden verteilt.

Man weiß ja, was man so sagt: Fällt ein Messer herunter, kommt ein Mann ins Haus. Fällt ein Löffel, kommt eine Frau. Und fällt eine Gabel, kommt auch eine Frau, weil Löffel und Gabeln feminin, Messer dagegen maskulin sind, jedenfalls an diesem Ufer des Flusses.

Die Ilja-Frau, Inna heißt sie, Inna Nikolajewna, auf die Nennung ihres Vatersnamens (ein Zarenname!) würdevoll bedacht, nicht so wie manch andere im Dorf, die sich bloß

Irka oder Maschka oder sonst ein -ka rufen lassen, diese Inna Nikolajewna also stürmt jetzt nicht sofort zu ihrem Mann. Natürlich nicht, schließlich ist er beschäftigt, sehr beschäftigt, mit dem Studium des Röhrchens; das muss man respektieren. Aber auch sie hat zu tun. Schnell das Messer aufgehoben, nicht mal am Rock abgewischt, sofort weitergeschnitten. Hygiene ist nur etwas für Menschen, die man noch nie gesehen hat. Nicht von Angesicht zu Angesicht.

Erst am Abend verkündet sie: Ilja, wir bekommen Besuch. Bald. Von einem Mann.

So? Von was für einem Mann denn? Fragt Ilja, der sich wundert, was seine Frau für Männerbesuch erwartet.

Das weiß ich nicht, sagt Inna Nikolajewna, von einem Mann eben. Mir ist ein Messer heruntergefallen. Du weißt doch, was das bedeutet.

Aber Wissen und Wissenwollen sind sehr verschiedene Sachen.

Das, sagt Ilja, hat doch nichts zu bedeuten. Höchstens heißt es, dass du zwei linke Hände hast.

Sagt er zu seiner Frau, die ihm gerade nur deshalb nicht widerspricht, weil sie nicht weiß, wo anfangen. Und hofft auf eine randvolle Schüssel Schtschi, ein Gericht, nicht viel mehr als ein Zischen, das sich schlucken lässt, ohne zu kauen, wenn man so hungrig ist wie er. Wo ein Messer im Einsatz war, muss es doch ein Abendessen geben. Denkt er und sagt, wie um sie zu besänftigen: Innotschka, Täubchen. Ganz zärtlich sagt er das.

«Innotschka, Täubchen» aber bleibt reglos am Tisch sitzen, die Lippen geschürzt, da, schon ganz farblos sind sie geworden, und zweifelt, nun ja, am Verstand ihres Mannes. Denn Inna Nikolajewna ist eine so entschiedene wie heimliche Pjotrianerin: Zutiefst suspekt sind ihr die Röhrchenstudien ihres Mannes, zutiefst suspekt der ganze Iljianismus, dieser um sich greifende Unfug. Lieber hält sie sich an den Fluss, da ist man schließlich auf der sicheren Seite.

Ach, komm schon! Innotschka, Täubchen.

Ganz voll ist zwar der Topf, aber Inna Nikolajewna schüttelt langsam den Kopf. Sagt: Tut mir leid, es ist keine Suppe da.

Ach!

Du weißt schon: die Ernte, die Zeiten, all dieses und jenes.

Mhm. Und Brot? Ist wenigstens Brot im Haus?

Das schon.

Und sonst?

Nichts, rein gar nichts.

Nur das, was Inna Nikolajewna ihm aufzutischen gewillt ist. Und heute ist das: bloß Brot. Und nicht einmal Milch zum Hineintunken.

•

Den ganzen Abend denkt Inna Nikolajewna: Gleich, gleich kommt *er*. Und bei jedem Geräusch denkt sie: Ist das nicht? Ist *er* das? Und noch in der Nacht bleibt sie in Habachtstellung, die Ohren so gespitzt, dass sie nicht schlafen kann.

Ilja, der nicht weiter sagt, was er denkt, rollt sich auf die linke Seite, die Beine leicht angewinkelt, und schon schnarcht er so laut, dass Inna Nikolajewna nur in den Intervallen nach der Tür horchen kann.

Und so auch am nächsten Tag.

Und am Tag darauf.

Und am Tag, der darauf folgt.

Und am Tag, der dann kommt.

Während nichts passiert, passiert etwas anderes. Oder zumindest beinah. Ein Hirngespinst, schimmerndste Sorte aller Gespinste. Die Nachbarn linker Hand hinterm Acker, die nämlich, die wollen einen neuen Fußboden. Nicht diese Mischung aus Stroh und Lehm und getrocknetem Kuhdung, die hier alle haben, sondern urplötzlich einen richtigen Boden, hat man so etwas schon gehört? Halten sich wohl für was Besseres.

Man tuschelt. Man schwatzt. Man schwätzt. Man zerreißt sich die Mäuler. Und Inna Nikolajewna tuschelt mit. Und schwatzt und schwätzt und zerreißt sich das Maul. Eines Nachmittags aber, als sie es nicht mehr aushält, als selbst der Boden nicht mehr Ablenkung genug ist, geht sie zu Pjotr, setzt sich neben ihn, auf die alte Bank auf dem Hof, und sagt: Mir ist neulich ein Messer heruntergefallen.

Und?, fragt Pjotr, den Schalk in den Augen: Wer ist gekommen? Etwa ein heimlicher Verehrer?

Ach, sagt Inna Nikolajewna. Und dann lange nichts mehr. Mit der Fußspitze zeichnet sie in die Erde, schlängelnde, einander stets durchkreuzende Linien, an den Seiten kleine Erdbröckchen.

Ich verstehe es einfach nicht! Es ist keiner gekommen. Seit dem Sonntag überhaupt keiner, außer Ilja, und der zählt nicht.

Nicht mal ...?

Der ist krank.

Nicht mal ...?

Nahm wohl einen andern Weg.

...

Nicht mal?

Nein.

...

Und dann, auf einmal, sagt Pjotr: Wenn das mal nicht der Einfluss von deinem Ilja ist!

Wie meinst du das?, fragt Inna Nikolajewna und hat schon beschlossen, dass es auch heute nichts als Brot geben wird.

Das Röhrchen. Das kann einfach nicht gutgehen auf die Dauer. Für das ganze Dorf kann es nicht gutgehen. Nicht umsonst sagt man: Wo man den Geistern die Tür weist, da gehen sie nicht mehr hinein.

Sagt Pjotr und bekreuzigt sich hastig, und Inna Nikolajewna tut es ihm nach.

III

Fische fängt man je früher am Morgen, desto besser; wahrscheinlich sind sie dann genauso hungrig wie die Menschen. An die Schnur einen Haken, an den Haken einen fetten Wurm, und ab ins Wasser! Und während die Sonne auf der Haut prickelt, wundert man sich, dass die Fische nicht beißen. Pjotr sagt: Fische sind klüger als Hühner, die verlieren nicht so schnell den Kopf. Und dann sagt er nur noch mhm, wenn man ihn anspricht. Fischfang erfordert höchste Konzentration.

Auch Ilja geht zum Fischen an den Fluss. Alle gehen sie zum Fischen an den Fluss und auch zum Rauchen und Reden. Nie aber stellt Ilja sich zu Pjotr, nie auch nur ein gewechseltes Wort zwischen den beiden, stattdessen Blicke, die, wenn sie nur könnten, gnade einem Gott.

Ilja stellt sich gern etwas flussabwärts, da sind die Fische leichtsinniger, beißen, als ginge es nicht um ihr Leben.

Er füttert sie natürlich an, schon seit langem, das ist das ganze Geheimnis, aber psst! Wenn Inna Nikolajewna wüsste, dass Ilja sich an den Vorräten in ihrer Küche bedient, um daraus Speisen für die Fische im Fluss zu bereiten!

Die anderen denken: Mein Gott, Ilja kennt eben die besten Stellen! Und: Vielleicht sagt ihm das Röhrchen, wo die schönsten Fische sich tummeln. Alle staunen sie, wenn er, wer weiß, wie, wer weiß, woher, mit drei großen Karauschen zurückkehrt oder vier leckeren Brachsen. Nicht bloß mit Weißfischen, die sich schon von Kindern fangen lassen.

Ilja, der Gerissene, verlegt regelmäßig die Futterstelle seiner Fische. Zwei Monate hier, zwei Monate da. Damit die anderen im Dorf ihm bloß nicht auf die Schliche kommen. Die Fische aber merken sofort, wenn Ilja sie woanders füttert, und schwups sind sie dort und auch schon am Haken.

Manchmal, aber wirklich nur manchmal, lässt er sich bereden, erzählt, wo die Fische sich aufhalten. Das ist dann kurz bevor er eine andere Futterstelle anlegt und an der verratenen Stelle die Fische ausbleiben.

Hätte Ilja einen Sohn, er würde ihm alle Tricks verraten. Zum Beispiel, dass Mistwürmer die besten Köder abgeben, kleine Kügelchen aus Brot und Spucke aber auch gut funktionieren (die lösen sich nur langsam im Wasser und schmecken ganz ausgezeichnet). Er würde ihm beibringen, dass man Hechte am besten im Herbst fängt, dass Karauschen Grießbrei lieben und Barben gekochtes Rindfleisch. Und dass Inna Nikolajewna vom Fischfang gar nichts versteht.

Er würde ihm beibringen, auf das Röhrchen zu schauen, würde ihn in die Geheimnisse des steigenden und fallenden Quecksilbers einweihen. Ihm beibringen, dass man vorsichtig sein muss, dass das Röhrchen aus Glas besteht und Glas zerbrechlich ist. Und dass Inna Nikolajewna auch davon nun leider gar nichts versteht.

Ilja hat keinen Sohn. Nur vier Töchter, die im letzten Winter gestorben sind, als die älteste Fieber bekommen und die anderen angesteckt hat. Die vier Töchter haben ihre vier Ehemänner angesteckt. Und die vier Töchter und die vier Ehemänner haben acht Kinder angesteckt, sechs eigene und zwei von den Nachbarn. Und die zwei Kinder der Nachbarn haben andere Kinder anderer Nachbarn angesteckt, und die anderen Kinder anderer Nachbarn haben wieder andere Kinder und wieder andere Eltern angesteckt, und nicht alle sind dabei gestorben, es ist kein winziges Dorf, nur ein kleines, einen richtigen Schuster hat es sogar, obwohl man immer nur barfuß geht, Ilja aber ist nach diesem Winter nur Inna Nikolajewna geblieben. Und die kleine Anna, Annuschka, die bei genauerer Betrachtung gar nicht mehr klein ist, der das Kleid schon zu kurz wird, darüber müsste man mit Inna Nikolajewna reden, ob da überhaupt genug Saum ist, den sie auftrennen, den sie auslassen könnte.

Ilja hat keinen Sohn. Nur Annuschka, der er, sobald Inna Nikolajewna einmal nicht hinschaut, seine Fischfang- und Röhrchengeheimnisse geduldig verrät. Annuschka ist ein kluges Kind, klüger als die meisten Burschen im Dorf. Jedes Wort merkt sie sich. Und verrät niemandem nichts.

Das Gute an Enkelkindern ist, dass man sie nicht erziehen muss. Auch nach dem Tod der Eltern wird die kleine Annuschka nicht erzogen, sondern verwöhnt. Inna Nikolajewna sagt oft, man müsse auch mal streng sein. Aber das hat nichts zu bedeuten. Sie sagt es nur, um ihr Gewissen zu beruhigen. Meistens hat es, wenn Inna Nikolajewna das sagt, weniger mit Annuschka zu tun, als mit dem, was die Frauen auf dem Markt hören wollen.

Ilja sagt nie, man müsse auch mal streng sein. Aber er geht auch nie auf den Markt.

Heute hat Ilja es auf Brachsen abgesehen. Weil Annuschka die am liebsten mag und Inna Nikolajewna ein wunderbares Rezept kennt. Außerdem knurrt ihm der Magen. Seit Tagen gibt es nur Brot und nochmals Brot, und immer so dünne Scheiben. Er versteht nicht, dass heruntergefallenes Besteck solche Folgen haben kann. Aber er ahnt:

Da steckt irgendwie Pjotr dahinter. Pjotr steckt doch immer dahinter. Keinen Schritt kann man tun, ohne auf Pjotr zu stoßen oder seine schleimigen Klümpchen.

Am liebsten würde Ilja heute die größte Brachse fangen, die man im Dorf je gesehen hat. Ach was, so groß, wie es sie in der ganzen Oblast noch nicht gegeben hat. Die größte Brachse der Welt. Er würde Inna Nikolajewna damit überraschen. Und nach dem Essen würde er ihre Hand nehmen, sie halten, und der ganze Spuk mit dem Brot wäre vorüber.

Er hat ihr nie, wirklich, in all den Jahren nie in den Topf geschaut, so etwas gehört sich einfach nicht. Und außerdem: Manch einer wäre ja froh, wenn er überhaupt so viel Mehl hätte zum Backen. So karg Iljas Ackerstreifen aussieht – er ist einer der reichsten Bauern im Dorf.

Und außerdem: Eine fruchtbare Gegend ist das hier, eine saftgrüne, aber was so blüht und grünt, das ist hauptsächlich Unkraut.

Und außerdem: Was Gott befiehlt.

•

Inna Nikolajewna würde zwar nur den Kopf schütteln und noch mehr Brot servieren, wenn sie wüsste, dass Ilja sich Fische hält, beinahe wie Haustiere, denen man von seinen gar nicht so üppigen Vorräten hier und da etwas abzwackt. Aber vom Kochen versteht sie so einiges. Sie ist stolz, dass die frisch verheirateten Frauen zu ihr kommen, anstatt ihre Mütter um Rat anzugehen.

Inna Nikolajewna versteht sich auf die hohe Kunst, aus einem Nichts ein Etwas zu kochen. Vor allem aber versteht sie sich darauf, aus einem Etwas ein Noch-etwas-Mehr zu machen. Zum Beispiel ist Inna Nikolajewnas Schtschi ein sehr köstlicher Schtschi. Und die Köstlichkeit ihres

Schtschis bleibt bekanntlich konstant, nur der Geschmack variiert, je nachdem, was gerade zur Hand ist.

Inna Nikolajewna weiß, dass man Suppen auf kleiner Flamme und lange köcheln lassen muss, dass man sie regelmäßig umrühren muss, auch wenn das bedeutet, dass man aus der Küche gar nicht herauskommt. Inna Nikolajewna ist eine gute Hausfrau. Und sie findet, Ilja sollte sich besser um ihre Kuh und die Hühner im Stall kümmern als um das Röhrchen und die Fische im Wasser.

•

Komisch! Heute will es mit den Brachsen einfach nicht klappen. Sie tänzeln ein wenig im Wasser und sind dann nicht mehr zu sehen. Wahrscheinlich macht Iljas Magenknurren die Fische scheu.

Nach einer Zeit gibt Ilja auf, zieht die Schnur aus dem Wasser, hängt stattdessen die Füße hinein. Zupft an Grashalmen herum. Er weiß vom Röhrchen, dass man nicht mehr lange so im Gras sitzen kann, dass bald Regen aufziehen wird, vielleicht schon am Mittag; das ist gut für die Äcker.

Auf der anderen Seite des Flusses bewegt sich etwas, das werden Wölfe sein oder auch Füchse, die Durst bekommen haben. Schwer zu erkennen gegen die Sonne. Ilja blinzelt, jetzt scheint es ihm, dass es Menschen sind, zwei, die sich zum Wasser beugen, aber ganz sicher ist er sich nicht. Dort auf der anderen Seite sind keine Häuser zu sehen, wer weiß, wie weit die nächsten entfernt sind, und von dieser Seite schwimmt niemand herüber, bloß um ein bisschen zu trinken. Ilja blinzelt noch einmal. Da sind sie weg.

Es ist ein breiter Fluss. Er wird niemandem von den zweien erzählen.

IV

Nun, auf Vorzeichen ist doch Verlass, man muss sich nur gedulden. – Das erste Mal sieht sie *ihn*, als sie im Stall zugange ist. Während Inna Nikolajewnas Hände beschäftigt sind, ist auch ihr Kopf beschäftigt, denkt diese, denkt jene Gedanken. Da geht sie einmal einen Schritt nach rechts, noch einen, noch einen, und da tritt sie plötzlich auf etwas Weiches, das, von Stroh bedeckt, ganz und gar versteckt liegt und schläft, und dieses Weiche ist *er*. Und er stößt einen langen Schrei aus – Inna Nikolajewna hat das Gewicht eines Ochsen –, während Inna Nikolajewna viel zu aufgeregt ist zum Schreien. Sie schnappt heftig nach Luft, und als sie wieder sprechen kann, sagt sie – also da sagt sie dann, da sagt sie doch tatsächlich: Schön! Hast es endlich geschafft.

Er trägt eine Uniform, wie Inna Nikolajewna sie noch nie gesehen hat, eine Uniform, die ihr Respekt einflößt, die ihr in all ihrer Schmutzig-Schäbigkeit imponiert. Und offenbar hat Inna Nikolajewna etwas, was wiederum ihm Respekt einflößt; vielleicht ist es der Blick, der nach dem Schrei so schnell fest wird, vielleicht sind es die Hände, die sich resolut in die Hüften stemmen; vielleicht ist es auch nur der Schmerz durch den Tritt. Jedenfalls antwortet er: Ja. Zugegeben, etwas langgedehnt: Jaaa. Und Inna Nikolajewna sagt: Gut, dann komm mal mit rein. Und lässt ihm keine Zeit, sich zu wundern, an was für eine Frau er da geraten ist, die sich nur kurz erschreckt, kein bisschen wundert, dass sie über ihn gestolpert ist, dort im Stall bei ihrem Haus.

So erzählt man sich im Dorf von ihrer ersten Begegnung.

Es gibt so viele Versionen wie Bewohner im Dorf.

•

Im Haus riecht es wie in allen alten Häusern, ein bisschen muffig, obwohl es bewohnt ist. Draußen ist es warm, aber noch hängt die Kälte in den Balken, noch zieht man im Haus die Jacke über, die man draußen schon ausgezogen hat, noch nutzt man den Ofen zum Heizen mehr als zum Kochen. Die Decke ist niedrig. Die Fenster sind klein; in den anderen Jahreszeiten ist es wichtiger, die Drinnen-Luft nicht herauszulassen als die Draußen-Luft und das Licht herein.

Wenn man hineingeht: In der einen Ecke der Ofen, das ist die Küche. Das ist auch das Schlafzimmer von Annuschka. Sie schläft auf dem Ofen, wo es wohlig warm ist; das ist der beste Schlafplatz im Haus. In der anderen Ecke, schräg gegenüber, zwischen zwei Fenstern: die Ikone, die Heilige Jungfrau Maria, das Kind auf dem Arm, einen strahlenden Heiligenschein um den Kopf. Die Jungfrau Maria steht, den Kopf leicht geneigt, auf einem schiefen Holzbrett, das die Neigung des Kopfes verstärkt. Sie hat den Blick auf den Eingang gerichtet, hat den Blick fest auf *ihn* gerichtet, als er hinter Inna Nikolajewna auftaucht. Die Farbe der Heiligen Jungfrau blättert leicht ab.

In dem Raum gibt es noch eine Ecke, das ist Iljas Studierstube, da betrachtet er das Röhrchen, da empfängt er Besuch. Und schräg gegenüber ist Inna Nikolajewnas Ecke, dahin wird der Fremde gerade geführt. Ilja ist nicht zu Hause, Annuschka auch nicht, und so ist Inna Nikolajewna mit ihm allein. Sie setzen sich auf eine Bank, Inna Nikolajewna bietet ihm zu trinken an. Er trinkt hastig, wischt sich den Mund mit dem Ärmel ab, bekommt noch mehr zu trinken, wischt sich den Mund mit dem Ärmel ab. Sie schweigen ein wenig. Da sagt Inna Nikolajewna: Du zitterst ja! Sie legt ein paar Holzscheite nach, gutes, lang abgehangenes Holz, und sie schweigen wieder ein wenig.

Inna Nikolajewna knüllt einen Zipfel ihrer Schürze in den Händen.

Er schaut die Ikone an.

Inna Nikolajewna nimmt den zweiten Zipfel dazu.

Sein Blick gleitet die leeren Wände entlang. Dann tiefer: Truhen, Bänke, Staub mit Ruß.

Inna Nikolajewna räuspert sich.

Er kratzt sich am Arm.

Inna Nikolajewna schaut ihn an. Von der Seite: verkrustete Erde am abgewetzten Kragen, darin der Hals mit Leberflecken übersät.

Du hast wohl eine lange Reise hinter dir? Fragt sie und knüllt die Schürze noch etwas mehr.

Hmhm.

Dann hast du sicher Hunger, sagt sie. Und schon ist das Brot gebracht, sind dicke Scheiben abgeschnitten, werden die Scheiben in Milch getunkt. Er isst so hastig, wie er getrunken hat.

Da erst sagt Inna Nikolajewna: Ich heiße Inna Nikolajewna. Und er, der gerade einen großen Bissen im Mund hat, schiebt sich das Brot in die Backen, murmelt etwas ins Essen hinein. Eine Mischung von Lauten, irgendwie fremd und schön im Ohr, irgendwie schmatzend und melodisch, irgendwie so und doch anders. Es klingt ein bisschen wie *Wadik*, aber ganz sicher ist Inna Nikolajewna nicht.

Sie probiert den Namen gleich aus: Wadik. Du bleibst doch über Nacht, Wadik? Wir haben noch einen Strohsack, Wadik. Du kannst darauf schlafen, Wadik. Ich hole ihn für dich, Wadik. Er liegt unter einer Bank, Wadik.

Und sie springt auf. Sie fühlt sich irgendwie wohler, wenn sie geschäftig hantieren kann.

•

Im Übrigen: *Wadik, Wadim.* Der Name hat ihr schon immer gefallen.

Wadim, der Heilige, der ehrwürdige Märtyrer, dessen Kopf sich nicht vom Körper trennen wollte, so hat man es in der Kirche erzählt. Vielleicht stimmt die Geschichte auch nicht, wer will schon wissen, was sich vor Urzeiten zutrug. Die Diener Gottes sind immer betrunken, da ist schon etwas Vorsicht geboten; die erzählen einem das Blaue vom Himmel herunter, von Köpfen und Folter und Schwertern, dass man nur ja wieder- und wiederkommt zu ihnen. Aber was soll's – Wortklaubereien, theologische Haarspaltereien sind nicht Inna Nikolajewnas Sache, waren es nie.

Sie fragt Wadik nicht, was er vom ehrwürdigen Kopf des ehrwürdigen Märtyrers hält.

V

… und schon hat man von dem Fremden gehört, schon hebt ein Stimmengewirr an, ein Raunen und ein Flüstern auf dem Markt. Wadik soll er heißen, auf einem Strohsack soll er schlafen, von Inna Nikolajewna ins Haus geführt. Was die sich dabei gedacht hat, Gastfreundschaft hin oder her.

Man geht nicht nur wegen der Waren auf den Markt.

Ein Offizier, heißt es, kein einfacher Soldat, heißt es. Was der für eine Uniform trägt, so eine hat man hier in der Gegend nicht gesehen. Reich geschmückt.

Aber schmutzig auch, geben die alten Frauen zu bedenken. Köpfe und Tücher wiegen missbilligend hin und her.

Ihr seid doch dumm wie Brot, sagen die anderen, was soll das bitte für ein Offizier sein, sagen die anderen, dem seine eigene Jacke nicht passt, dem die Hose um die viel zu dünnen Beine schlottert, dem man den Hunger nur so ansehen kann.

Und: Er hat keine Stiefel.

Er ist lang gereist, heißt es dann, völlig erschöpft von der Weite des Reiches, heißt es dann, da fallen selbst Offiziere ins Gras, da tragen selbst Offiziersfüße nicht mehr. Gar nichts tragen sie da, nicht einmal Stiefel.

Und überhaupt: Wer braucht schon Stiefel im Dorf?

Hmnja, sagt man da. Schonschon, sagt man da. Stiefel sind nur für Städter, sind bekanntlich nur für Angeber, sind allerhöchstens für, für – aber es bringt doch noch der Rangniederste Stiefel nach Haus, wenn er von der Front auch sonst nichts mitbringt als Schweigen.

Warum sollte wer sonst in den Krieg?

Der Herr Offizier. Was in Gottes Namen sucht der hier, ausgerechnet, am abgelegensten, am vergessensten Ort des Reiches? Warum ist er nicht in Petrograd geblieben, nicht in Moskau, nicht in Minsk, wo die Offiziere zu wohnen pflegen? Der Krieg gegen die Japaner ist vorbei; die Männer sind ausgezogen und heimgekehrt, und Offiziere sind hier im Dorf nie gewesen.

Der Krieg gegen die Deutschen, der dagegen ist nicht vorbei, längst nicht, aber entfernt. Wer heimgekommen, wer heimgeflohen ist, spricht nicht vom Krieg. Und wer nicht heimgekommen ist, nicht heimgelaufen, gestolpert, der kann natürlich nicht sprechen. Das Wort «Deserteur» benutzt man hier nicht.

Was noch gegen Wadik spricht: Offiziere sind älter, Offiziere haben Gefolge, Offiziere sitzen zu Pferde. Reiten glattgestriegelte Rosse. Man selbst wäre schon froh über ein Maultier, aber man selbst ist ja kein Offizier.

Ach, beteuert man lauthals, sein Ross ist verunglückt, verendet. Da musste der Arme natürlich zu Fuß weitergehen, da hat er sich verirrt, da ist er den Fluss entlang, immer und immer weiter, da ist er völlig entkräftet bei uns im Dorf angekommen.

Und außerdem: Inna Nikolajewna, das heruntergefallene Messer.

Und außerdem: Wie Gott es fügt.

Undaußerdemundaußerdem.

Undsonstundüberhaupt.

Aber ach, stöhnen die Mütterchen, ach, ach, schlagen sie die Hände über den Köpfen zusammen, ach, ach, was das nur werden soll. Ein Offizier in einem Haus mit Annuschka, ein Offizier in einem Haus mit Ilja, zwei Bären in einer Höhle. Wisst ihr nicht, was man da sagt?, sagt die alte Marfa Iwanowna.

Und auf ihrer Stirn: tiefe Furchen.

Auch auf benachbarten Stirnen: Furchen.

Andere haben andere Sorgen. Sie rufen: Ach was – Offizier! Ein Betrüger ist das, ein Schurke, ein aus Sibirien geflüchteter Schuft! Ein nach Sibirien gehörender Schuft! Der beste Beweis: Ehrliche Leute tragen keine Kleidung wie die seine, keine so vornehm dekorierte Tracht. Ehrliche Leute tragen grobe Stoffe, man müsse doch nur an sich selbst heruntersehen, den Stoff an der eigenen Haut mal befühlen, damit sei gleich alles klar.

Und wieder andere rufen: Ein Altgläubiger, ein Raskolnik! Seht doch, wie er das Kreuz schlägt! Zwei Finger. Statt drei. Und sie machen es vor: Zwei Finger, ja, genau so, nur zwei.

Die da rufen, waren nie in Sibirien. Die da rufen, sind nie einem Altgläubigen begegnet. Die da rufen (die meisten von ihnen), sind auch Wadik bisher nicht begegnet. Sie waren noch nicht einmal auf der anderen Seite des Flusses, wo die Leute anders sind als hier. Struppigere Bärte sollen sie dort haben, ruppige Gesellen sollen das sein, deren wilde Gesänge der Wind herüberweht, wann immer ihm der Sinn danach steht. Leise kommen die Gesänge an diesem Ufer hier an, irgendwie durchgeschüttelt, verweht, die Laute ganz durcheinander.

Man sagt, dort drüben komme auf einen Menschenkopf ein ganzes Rudel Wölfe, so sagt man, auch wenn man natürlich nicht drüben gewesen ist, niemals nie, wieso sollte man auch?

Man sagt, dort drüben seien die Gräser undurchsichtig hoch, die Erde unwirtlicher. Man sagt, dort sei der Himmel höher gehängt – oder war es tiefer? Eins von beidem. Man sagt, dort sei drüben; hier sei hier. Das lässt sich ganz zweifelsfrei sagen. Und manch einer weiß noch, dass die dortigen Rudel größer sind, die drübigen Wölfe hungriger. Nein, man muss wirklich nicht erst auf die andere Seite, um genauestens unterrichtet zu sein.

Um es klarzustellen: Wer am Fluss wohnt, kann noch längst nicht schwimmen. Wer am Fluss wohnt, besitzt nicht gleich ein Boot. Wer am Fluss wohnt, wohnt einfach nur am Fluss.

•

Das heißt jetzt nicht, dass man nicht so seine Quellen hat, so seine Erkundigungen einzieht, so manche Kunde vernimmt; am Fluss ist schließlich nicht hinter dem Mond.

Drei sind aus dem letzten Krieg heimgekehrt, aus dem gegen die Japaner. Man hat sie gefragt, und sie haben einvernehmlich erklärt, Japan sei ein fernes Land. Das liege weit hinter dem Fluss und könne sie kreuzweise.

Sonst nichts. Haben sonst nur geflucht und gesoffen und ihre Frauen und Kinder geprügelt, bis sie einer nach dem anderen gestorben sind, an mitgebrachten Krankheiten und am heimischen Alkohol, so ist das hier eben. Immerhin: Haben gerade noch rechtzeitig das Zeitliche gesegnet, um nicht noch in den nächsten Krieg zu müssen; richtig knapp war es beim Dritten, er hätte sich keinen Tag länger ausbitten dürfen, um noch zu Hause im eigenen Dorf zu sterben.

Drei sind auch von der aktuellen Front heimgekommen. Man hat ihnen Fragen gestellt, nur nicht viel erfahren. Einer ist gleich hinter der Dorfgrenze vor Erschöpfung zusammengebrochen, ohne noch mal zur Besinnung zu kommen. Einer starb an Fieber. Und einer war unversehrt, bis auf die Nase, die fehlte in seinem Gesicht. Und gesprochen hat er auch fast nicht mehr – obwohl doch für das Sprechen gar nicht die Nase zuständig ist als Organ.

Der Nasenlose heißt Lew, der Sohn vom alten Sergej ist das. Weil der aber nicht mehr spricht, vergisst man oft, dass er überhaupt noch da ist, als wäre Stummsein gleichbedeutend mit Unsichtbarkeit, als wäre es ein dummes Versehen des Schicksals, ihn nicht auch einfach sterben zu lassen.

Lew, fragt man, die Uniform, die vom Wadik? Lew, fragt man, ist denn einem zu trauen, der so einfach ins Dorf tritt? Lew, sagt man, Lew, sag was, Lew, du warst doch da.

Aber Lew wiegt nur auf eine Art den Kopf, die alles bedeuten könnte, und schweigt und verschließt die Ohren vor der Welt, die so furchtbar redselig ist. Und da lösen sich seine Konturen endgültig auf, verblassen langsam und unumkehrbar, sind bald vollständig verschwunden, als wären sie nie da gewesen. Nur die Eltern erinnern sich noch manchmal an ihn, aber sie sind ja schließlich die Eltern. Von den anderen kann man so ein Gedächtnis unmöglich erwarten.

VI

Marfa Iwanowna, das ist ein Wolltuch um die Schultern – und Fransen, schon immer verheddert. Marfa Iwanowna, das ist noch ein zweites Tuch, bäuerlich um den Kopf geschlungen, den Knoten hinten gebunden, nicht unterm Kinn, wo er bloß stören würde. Marfa Iwanowna, das sind große Schritte, das sind schnelle Schritte, dass eine Greisin zu solchen Schritten fähig ist, einfach unglaublich ist das.

Marfa Iwanowna, wohin so eilig?

Marfa Iwanowna?

Marfa Iwanowna?

Aber weg ist sie schon. Marfa Iwanowna ist eine Rückenansicht, ist eine schnelle Armbewegung, ritsch, ratsch das Kreuz in die Luft geschlagen, mit dem Kreuz eine Schneise in die Luft geschlagen, eine, zwei Kerzen angezündet, ein, zwei, drei, vier Mal sich verbeugt vor dem Herrn, sich fünf, sechs, sieben, acht Mal verbeugt, sich neun, zehn, elf, zwölf Mal verbeugt im Takt mit den anderen, eine Wellenbewegung, ein Auf und Ab von rheumakranken Rücken, dreizehn, vierzehn, fünfzehn, sechzehn, nicht mal mit der Wimper gezuckt, nicht ein einziges Mal, dass die Orthodoxen in der Kirche stehen müssen, die ganze Zeit stehen, immer nur stehen, auch wenn man die Gicht in den Zehen hat, und sich zu bestimmten Stichworten verbeugen, immer wieder verbeugen, siebzehn, achtzehn, neunzehn, zwanzig, und weiter: einundzwanzig, zweiundzwanzig, dreiundzwanzig, vierundzwanzig, fünfundzwanzig, sechsundzwanzig, siebenundzwanzig, achtundzwanzig, neunundzwanzig, dreißig, und weiter, weiter: einunddreißig, zweiunddreißig, dreiunddreißig, vierunddreißig, fünfunddreißig, sechsunddreißig, siebenunddreißig, achtunddreißig, neununddreißig, vierzig, einundvierzig, zweiundvierzig und so weiter und so weiter.

Marfa Iwanowna, darf man sich so verbeugen? Darf man so oft, so tief, Marfa Iwanowna, beinahe unanständig ist das. Beinahe, nun ja.

Marfa Iwanowna?

Marfa Iwanowna?

Aber weg ist sie wieder. Ist aus der Kirche geeilt, ist auf den Markt geeilt, ist in den Stall geeilt, ist in die Küche, wieder in den Stall und wieder in die Küche, keine Sekunde still gesessen, geschäftig, aufs äußerste geschäftig, und abends an Inna Nikolajewnas Tür geklopft.

Keine Zeit für Begrüßungsworte, keine Zeit für das übliche *Tschik-Tschirik*, das obligate Plapperplapper und gängige Blabla.

Jetzt zeigt den Burschen doch her.

Den Burschen?

Na, Wadik.

Achsooo.

•

Dieser Wadik, findet Marfa Iwanowna, dieser Wadik, verkündet später Marfa Iwanowna, dieser Wadik, heißt es auf dem Markt, sieht – müde aus.

Müde? Fragt der Markt mit enttäuschter Stimme zurück. Nun ja, müde, pflegt man nach langen Reisen eben zu sein.

Man hat sich erwartungsvoll um Marfa Iwanowna gruppiert, jetzt will man nicht hören, dass irgendwer müde ist. Man ist ja selbst müde, ist schon beim Aufwachen müde, bis man zum Abend hin noch müder wird, Steigerungsformen von Erschöpfung, die hier auf dem Lande üblich sind, so üblich, dass man sie oft genug vergisst.

Offensichtlich aber hat Marfa Iwanowna sich heute in den Kopf gesetzt, über Müdigkeit zu reden. Nichts zu machen. Mit Marfa Iwanowna ist nämlich nicht zu reden, die ist stur geboren, sagt man hier, sobald sie es nicht hören kann.

Wadik, fährt Marfa Iwanowna also unbeirrt fort, hat eine besondere Müdigkeit, hat eine wissende Müdigkeit, hat eine, die sonst nur den Alten in den Augen steht, die zu viel gesehen, zu viel gehört haben. Mit Reisemüdigkeit hat das wenig zu tun. Genau genommen: gar nichts.

Das weiß sie sehr genau, auch wenn sie im Leben nicht gereist ist, auch wenn sie im Grunde nirgendwo war, an keiner Front, auch sonst nirgends. Aber diesen Blick, diese Augen, die kennt sie. Lew, der Nasenlose, der hatte auch so was in den Augen. Und doch – die Augen von diesem hier sind noch irgendwie anders. Diese Augen, sagt die alte Marfa Iwanowna, diese hier, die lösen sich nicht einfach so auf. Sie haben etwas sehr Festes in ihrer Müdigkeit, etwas sehr Wachsames, etwas – wie soll man sagen – etwas, was ihr mulmig zumute werden lässt.

Soso, nun ja, mhm, kommt ein leicht gelangweiltes Echo.

Man ist an anderen Dingen interessiert. Zum Beispiel: Wie sieht Wadik denn sonst aus? Noch haben ihn ja nicht alle gesehen.

Marfa Iwanowna, an sich eine scharfe Beobachterin, hat darauf irgendwie nicht so geachtet. Oder anders geachtet, als man es sich wünschen würde, hier auf dem Markt. Oder sie ist schlicht keine so gute Erzählerin.

Eine Pause entsteht, nicht der Rede wert, aber für Marfa Iwanownas Verhältnisse nachgerade auffällig lang. Dann erfährt man: dass Wadik nicht besonders groß ist, aber auch nicht besonders klein. Dass er dicke Augenringe hat, sonst aber ganz dürr ist, richtig ausgemergelt. Dass er verhornte Hände hat, mit denen er Brot hastig in Milch tunkt, schluckt ohne zu kauen. Dass er eine Haarfarbe hat zwischen Aschblond und Braun. Und dass in seinen Augen eine Müdigkeit liegt, die Marfa Iwanowna zu denken gibt.

Kurz: Das Wichtigste ist heute nicht zu erfahren. Das da wäre: woher Wadik kommt. Und warum. Und manche wüssten noch gern, welche Farbe seine Augen haben.

•

Zwischen Tür und Angel, mehr Zeit hat Marfa Iwanowna nie, gesteht sie Pjotr, dass Wadik sie gemustert habe. Nicht bloß angesehen, sondern regelrecht mit den Augen durchdrungen, bis er den Blick schließlich abgewendet und sie erleichtert aufgeatmet habe – sie wisse auch nicht, warum. Aber geheuer sei ihr das nicht gewesen, so viel könne sie sagen.

Während Pjotr ausspuckt, ein schleimiges Klümpchen mit einem Platsch neben ihm landet, langsam in die harte Erde sinkt, sagt Marfa Iwanowna außerdem: dass Wadik gewiss nicht grundlos ins Dorf gekommen sei, so viel schwane ihr, das heruntergefallene Messer, nichts sei zufällig, aber die Wege unergründlich und oftmals steinig, eine harte Prüfung stehe vielleicht bevor, auch wenn sie unmöglich sagen könne, welche. Und Pjotr stimmt zu.

Besser, man ist auf der Hut.

VII

Wadik, der Fremde, der aus dem Nichts aufgetaucht ist, um bei ihnen zu wohnen, spricht nicht viel. Oder nur mit Großmutter Inna. Annuschka, die ihn aus einem Augenwinkel beobachtet, wüsste gerne, wie lange er bleibt. Vermutlich so lange, wie alle Gäste zu bleiben pflegen: «vorerst» und «auf unbestimmte Zeit». Und wie immer: Niemand sagt ihr irgendetwas. Nur, dass ein Messer heruntergefallen ist. Nun gut. Das mag erklären, warum Wadik gekommen ist, aber nicht, warum er auch bleibt. Warum er nicht in sein eigenes Dorf zurückkehrt.

Schließlich muss er aus irgendeinem Dorf kommen. Jeder kommt doch aus einem Dorf. Wirklich jeder, den Annuschka kennt.

Wadik sieht vielleicht abgemagert aus, aber er hat breite Hände und sehnige Arme, die wissen, wie man Holz geschickt hackt. Ruckzuck, fertig ist er, und nicht einmal geschwitzt dabei. Das sieht bei Großvater Ilja anders aus, der sich die Arbeit nur zu gern abnehmen lässt, um bei seinem Röhrchen zu sein.

Wadik hat einen guten Appetit.

Wadik hat Schmutz unter den Fingernägeln.

Wadik sieht nicht aus wie ein Offizier.

Findet Annuschka, aber sie möchte ihrer Großmutter nicht laut widersprechen.

Wir haben *hohen Besuch*, hat Großmutter Inna verkündet

und Wadiks Uniform stolz geschrubbt – obwohl sie doch sonst nie Kleidung schrubbt, so wichtig ist Sauberkeit nicht. Von diesem Moment an war Wadik der *Herr Offizier.* Und der bekommt bei Tisch als Erstes serviert, was Großvater Ilja gar nicht gefällt. Aber ein Offizier ist nun einmal ein Offizier, und Großvater hat zu lange Brot gegessen, um jetzt zu widersprechen. Bloß Brot. Aber was heißt das schon: bloß. Nichts, was den Magen befüllt, ist jemals ein Bloß.

Seit Annuschka auf dem Markt war, kann sie sich erst recht keinen Reim auf die Sache mit Wadik machen. Sie kann nur beobachten. Großvater Ilja sagt immer, man müsse nur ruhig beobachten. Damit meint er natürlich das Röhrchen. Annuschka glaubt nicht, dass das Röhrchen ihr irgendetwas über Wadik verrät, aber sie betrachtet es dennoch genau. Steigendes Quecksilber. – Und nun?

Sie beobachtet also Wadik.

Der weiß vermutlich davon, von ihrem Blick aus dem Augenwinkel. Jedenfalls gibt er sich äußerste Mühe, nicht zurück-, nicht herüberzuschauen zu ihr. Das wird doch keine Einbildung sein.

Aber, denkt Annuschka, vielleicht ist es dort, in der Ferne, aus der Wadik gekommen ist, gar nicht üblich, zu anderen herüberzuschauen, seinen Blick einfach so wandern zu lassen in einem irgendwie unsoldatischen Schweifen quer durch den Raum. Vielleicht sind ja dort, wo er herkommt, alle so. Oder alle Offiziere.

Das heißt, falls er denn Offizier ist. Annuschka kennt sich mit Offizieren nicht aus.

Annuschka würde ihn gerne fragen, aber sie weiß nicht, ob er ihr antworten würde. Sie weiß auch nicht, ob Großvater es so gerne sähe, wenn sie mit dem Fremden spricht. Sie hat da so ein dumpfes Gefühl.

Was ihre Beobachtungen ergeben: Wadik hat einige rötliche Haare im Bart, der sonst braun ist. Das Kinn darunter sieht man nicht.

Was ihre Beobachtungen noch ergeben: Wadik schaut zwar nie zu ihr herüber, die Tür aber hat er fest im Blick. Auch die Ikone hat, von ihrer Ecke aus, die Tür fest im Blick. Wadik schnitzt seit einer halben Stunde etwas, was genau, ist nicht zu erkennen, irgendein Tier, ein Vogel vielleicht?

Irgendwann steht Wadik auf, geht hinaus, wahrscheinlich zu Großmutter Inna, die ihm Anweisungen gibt, wie er sich nützlich machen kann. Großmutter nämlich sagt immer, wie man sich nützlich machen kann, wie man sich nützlich zu machen *hat*, weshalb Großvater es tunlichst vermeidet, ihr Gelegenheit dafür zu bieten. Großvater sagt bei den meisten Dingen, er sei dafür zu alt. Aber auch Großmutter ist alt und viele andere Leute im Dorf. Die Weißheit von Großvaters Bart imponiert Großmutter nicht.

Während niemand hinschaut, geht Annuschka zur Schnitzerei, die Wadik, umkreist von Spänen, zurückgelassen hat. Streicht mit dem Finger die Einkerbungen entlang, aber vorsichtig, um sich keinen Splitter zu holen. Steckt, bevor sie nachdenken kann, die kleine Figur in die Schürze. Und als sie später darüber nachdenkt, weiß sie immer noch nicht, wie das eigentlich kam, dass ihre Hand danach griff. Aber später ist es zu spät, da steckt die Figur ja schon bei ihr in der Schürze, und noch später ist sie sicher verwahrt, in einer Truhe, ganz unten, versteckt zwischen lauter anderen Dingen, wo sie hoffentlich unentdeckt bleibt.

Großvater guckt niemals in Truhen. Aber bei Großmutter kann man leider nie wissen.

•

Nur einen Augenblick war er weg, gerade lang genug, um den Diebstahl geschehen zu lassen. Als Wadik zurückkommt, sagt er nichts. Räumt nur die Späne fort, die da noch liegen, lässt sie vom Ofen verschlucken. Widmet sich neuer Arbeit. Annuschka hätte nicht gewusst, was tun, wenn er nach der Figur gefragt hätte. Leugnen, wahrscheinlich.

Die Schnitzerei ist nicht fertig, aber schön ist sie trotzdem, findet Annuschka. Es ist ein winziger Vogel, der nur auf der einen Seite einen Flügel mit Andeutungen von Federn trägt. Er hat einen leicht gebogenen Schnabel und eine geschwellte Brust. Er sieht aus wie die Vögel im Wald, nur nicht so bunt.

Es gibt natürlich auch Vögel im Wald, die die Farbe haben von Holz.

•

Wadik spricht nicht viel, aber er redet im Schlaf. Großmutter und Großvater hören das sicher nicht, so laut, wie sie schnarchen. Aber Annuschka spitzt die Ohren. Sie kann kaum ein Wort ausmachen, es ist alles zu leise, zu undeutlich, vielleicht sind auch Wörter darunter, die sie nicht kennt. Und am nächsten Morgen hat sie jedes Mal auch die anderen Wörter vergessen, diejenigen, die sie kennt.

VIII

Vom Fluss her kommt gerade Warwara, einen Eimer rechts, einen Eimer links, ihr Atem geht schwer. Warwara ist Marfa Iwanownas drittjüngste Schwester, die vor ungezählten Jahren den Verstand verloren hat, als ihr Mann in den Wald ging und nicht wieder heraus, irregeleitet vom Waldgeist, vom *leschij*, Schreck nicht nur der Kinder oder der Märchen. Seitdem ist in Warwaras Kopf alles durcheinander, und nur die Bangigkeit vor dem Waldgeist, dem Wassergeist, dem Hausgeist ist noch da und die Sorge vor allerhand anderem, und anzufangen ist mit Warwara gar nichts mehr, die selbst zur Sorge geworden ist, zur Sorgenfalte auf Marfa Iwanownas Stirn. Und auch auf den Stirnen der anderen Geschwister, der anderen fünf Schwestern, bei denen sie abwechselnd wohnt. Eine Hand weniger, die mit anfasst, und ein Mund mehr, der isst. Gerade einmal Wasserholen kann sie noch, auch wenn sie bei jedem Schritt zittert vor all den Geistern in ihrem Kopf.

Heute aber bringt Warwara nicht nur Wasser, sondern auch ein Schloss mit nach Haus. Ein rostiges Vorhängeschloss, das sie gegen Rüben aus Marfa Iwanownas Acker eingetauscht hat, bei fahrendem Volk, das werweißwoher kommt, werweißwohin zieht und, merkwürdig genug, nur von ihr gesehen wird.

Was ist *das* denn? Fragt Marfa Iwanowna skeptisch.

Und sie denkt: Wie schade um die guten Rüben.

Sie hält sich nicht lange mit einem Etwas auf, das ihre Schwester angeschleppt hat – eine Schwester, die bekanntermaßen mit ihrem Mann auch ihren Verstand verloren hat. Da hat sie Besseres zu tun, so viel steht fest.

Warwara lässt die schweren Eimer stehen und zieht mit ihrem Schloss und einem verdrießlichen Gesicht weiter. Aber auch die anderen Schwestern wollen sich nicht für die rostige Errungenschaft begeistern; sie sind bloß froh, dass die Rüben dafür nicht aus ihren Vorräten kamen. Das macht Warwaras Gesicht noch verdrießlicher.

Die einzige Person im Dorf, die immer Zeit hat, die deshalb auch immer Zeit für Warwara hat, ist Ilja. Warwara versteht vielleicht nicht viel vom Röhrchenstudium, aber sie hört gerne zu, wenn Ilja ihr davon erzählt. Sie mag den Klang seiner Stimme dabei. Ihre Schwestern sprechen nie so ernsthaft mit ihr.

Warwara setzt sich zu Ilja, und während Ilja das Röhrchen betrachtet, betrachtet Warwara das Vorhängeschloss, gleichermaßen konzentriert, gleichermaßen genau. Erst nach einer Weile wortloser Arbeit – Vertiefung ins Dingstudium, jeder für sich – fragt Ilja: Was hast du denn da? So wie Ilja es fragt, hat es nichts mit Rüben zu tun. Da zeigt sie ihm ihren Besitz, mächtig stolz, wie seltsam behutsam Ilja ihn nimmt und auf der Handfläche wiegt. Soso, sagt Ilja. Ja, sagt Warwara. Jaa. Und damit ist das Wichtigste besprochen.

Doch vorher noch fragt Ilja, ob sie denn auch einen Schlüssel habe, und Warwara nickt. Der Schlüssel passt sogar. Aber er interessiert sie nicht besonders.

Warwara interessiert viel mehr: Ob man damit das Wetter vorhersagen kann.

Was, mit dem rostigen Ding da?

Warum nicht?

Ja, warum eigentlich nicht?

Ilja, dem plötzlich etwas unbehaglich zumute ist, nun, da er sich zu einer gewichtigen Frage wie dieser kraft seiner ganzen Weißbärtigkeit äußern soll, sagt vorsichtshalber das, was er in heiklen Situationen am liebsten zu sagen pflegt, nämlich lange Zeit nichts und nach reichlichem Abwägen: Mhm.

Nun, natürlich glaubt er nicht eine Sekunde, dass dieser kleine Gegenstand über Kräfte verfügen könnte, die der Röhrchenbetrachtung Konkurrenz machen würden – nicht ein einziger Gedanke in diese Richtung gewendet, nicht ein einziger dahin verschwendet. In Iljas Kopf sind ganz andere Gedanken, und diese ganz anderen Gedanken sagen ihm, dass man jetzt besser «Mhm» sagen sollte, ein vielsagendes «Mhm», weiter nichts.

Und Warwara? – Schaut nachdenklich. Schaut stumm und irgendwie wissend und bleibt noch lange neben Ilja sitzen, der ihr den Luftdruck erklärt. Man kann schließlich nicht mit jedem Gespräche über das Wetter führen.

•

Das Wetter. Das wird nun auch Warwaras Lieblingsthema, Warwaras einziges Thema in den Tagen, die folgen. Steigender und sinkender Druck. Windhosen. Böen und Lüftchen. Schauer. Gewitter und Stürme. Gewitterstürme auch. Niederschlag in jeglicher Form. Warwara hat in ihren Gesprächen mit Ilja so einige Wörter dafür gelernt.

Neuerdings spricht sie beinahe nur noch in Wetterwörtern, in diesen ihren neuen Wörtern, ihren liebsten. Zum Beispiel: Wetterleuchten. Wolkenbruch. Wogenwolken. Wer hätte gedacht, wie poetisch das Wetter sein kann. Abendrot.

Diamantschnee. Schneedecke. Überhaupt Schnee. Schneebrett. Schneebruch. Schneegriesel. Schneelast. Schneewehe. Wie magisch ist doch die Verleihung von Namen für altbekanntes Geschehen.

Nein, man muss nicht lesen und schreiben können, um im Besitz solcher imposanter Namen zu sein, mit ihnen herumzustolzieren, über den Markt und bis an den Fluss. Jeder im Dorf spricht über das Wetter, aber keiner so wie Warwara.

•

Was die Warwara bloß, Warwara, die Verrückte, was die schon wieder, tuschelt das Dorf. Tuschelt das Dorf so laut, dass auch Warwara es hört. Die aber reckt nur das Kinn und befühlt mit den Fingern das Schloss.

Es kommt Regen, sagt Warwara.

Aber es kommt kein Regen.

Warwara äußert sich in Wetterdingen sehr viel bestimmter als Ilja, aber sie irrt sich meistens dabei. Die Leute gehen deshalb lieber zu Ilja. Auch Warwara geht ja so gerne zu Ilja. Und zwar in letzter Zeit täglich. Warwara gesellt sich auch öfter zu Wadik, der mit ruhiger Hand hölzerne Tiere schnitzt. Heute: einen kleinen Bären.

Warwara fragt nichts, worauf Wadik nicht antworten will, auch ihre Blicke fragen nichts, worauf es keine Antwort geben kann. Sie spricht einfach nur über ihr Schloss, immer nur darüber, weiter nichts. Es reicht, dass Wadik ihr zuhört, in einem wortkargen Einvernehmen, wie es für die hiesigen Breitengrade nicht unüblich ist.

Entweder nämlich ist man hier in der Gegend redselig, sehr sogar. Oder man schweigt. Ein Dazwischen gibt es nicht.

Ein Jammer, sagt Warwara. Das mit dem Regen. Dass er nicht kommt, wo doch das Schloss.

Ein Jammer, sagt Warwara, aber sie sagt es kokett. Sie ist stolz auf ihr Schloss, auch wenn das Wetter ihm nicht folgen will.

Das Wetter hat seinen eigenen Kopf, sagt Wadik. Das ist ein Sturkopf. Holzkopf, Trotzkopf, Dickkopf, Dickschädel, so ein verdammter!

Das alles ist das Wetter und noch sehr viele andere Worte. Es gibt so schrecklich viel zu lernen, wenn es einem ernst ist mit der Wetterwissenschaftlerei.

•

Wie funktioniert das eigentlich? Fragt Wadik, der heute ungewöhnlich viel spricht. Also, das mit dem Wetter. Wie genau sagt man mit dem Schloss das Wetter voraus?

Auf einmal schaut er so konzentriert wie an dem Tag, an dem Warwara ihm das erste Mal begegnet ist. Sie hat nicht nach seinem Namen fragen müssen. Auch wenn die Schwestern ihr nie etwas erzählen, schnappt sie allerhand auf. Neugierig ist sie gewesen – auf diesen Offizier, einen Jungen fast noch. Und dann hat sie es beinahe mit der Angst gekriegt, wie er sie taxierte. Jemanden mit den Augen durchbohren, ja, das gibt es tatsächlich, weiß Warwara jetzt.

Das Schloss –

Ja?

Es ist vollkommen verrostet.

Ja.

Vielleicht irrt es sich deshalb so häufig?

•

Meteorologisch mag es versagen, aber als Schloss taugt das Schloss allemal, Rost hin oder her. Es wird das erste Schloss an einer Tür im Dorf; der Nagel mit dem Schlüssel gleich daneben. Von Warwara aufgehängt, der sonst Untätigen, der Verrückten! Man trägt eine Sensation wie diese gleich auf den Markt.

Warwara hat das Schloss wegen der Kuh angebracht, wegen Asja, dem neugierigen Tier. Man traut seinen Augen und Ohren nicht. Wie Warwara ruft – wie dann plötzlich auch Marfa Iwanowna ruft (lauthals): Schaut her! Das verhindert, dass die Kuh uns wieder ins Haus tritt.

Seit diesem Tag schließen alle vor ihren Kühen ab. Und hängen den Schlüssel daneben, um ihn nicht zu verlieren. Man will gehört haben, dass auch der Gutsbesitzer ein Schloss gegen seine Kuh angebracht habe. Also, erst hat der Gutsbesitzer, dann Warwara.

Die Sache mit dem Gutsbesitzer, ja, wer hat sie eigentlich erzählt?

Wer als Erster?

Das Dorf jedenfalls hat dazu genickt. Bereitwillig. Als hätte es nur darauf gewartet. Das Dorf, das den Gutsbesitzer eigentlich auch nur aus Erzählungen kennt. Aus den Erzählungen, die der Mann mit den sauberen Nägeln bringt.

Der Mann mit den sauberen Nägeln – was, kennt den etwa jemand noch nicht? Hat wer noch immer nicht von dem reden gehört?

Der Mann mit den sauberen Nägeln, der Mann mit der Wampe, der Mann mit dem festen Tritt, ja, genau der, man kennt ihn hier unter verschiedenen Namen, aber man kennt ihn genau. Regelmäßig leert der einige Becher mit Ilja, ihrem Dorfältesten, ihrem Dorfweisesten. Zieht immer nur wankend ab, immer erst dann, wenn etwas in ihm zu lallen und zu grölen und zu dröhnen beginnt. Mal mit, mal ohne die Steuern, wegen denen er den Weg auf sich nahm. Meistens ohne, aber nie ohne rote Nase, das wirklich nie. Die meisten denken ja, er komme nur, weil sich bei Ilja der Durst so schön löschen lässt. Weiß doch jeder, dass es sonst nichts zu holen gibt bei ihnen im Dorf. Wenig, sehr wenig, und dieses Sehrwenig, dieses Sehrsehrwenig, schafft es doch irgendwie, immer noch weniger zu werden, weiß der Teufel, wie.

Und wenn man schon über den Teufel spricht, denn den gibt es, so wahr es den Mann mit den sauberen Nägeln, den Mann mit der Wampe, den Mann mit dem festen Tritt gibt, also wenn schon der Teufel seinen Auftritt hat, dann richtig, dann will man noch ein paar Fragen stellen, die es in sich haben. Und diese Fragen werden jetzt auch gestellt. In einem ruhigen Moment nämlich, den sie sorgfältig abpasst, fragt Marfa Iwanowna ihre Schwester, im Flüsterton, obwohl sie beide allein sind, ob Wadik ihr eigentlich etwas erzähle. Vom Krieg. Wo sie doch so viel Zeit mit ihm verbringe. Ob Wadik –

Warwara aber zuckt nur mit den Schultern. Sagt schlicht und ergreifend: Nein.

Die Wahrheit ist: Dieser Krieg interessiert sie nicht besonders. Sie hat natürlich bemerkt, dass es kaum noch junge Männer gibt im Dorf, eigentlich nur Wadik, und den erst seit kurzem. Aber die Front, die Marfa Iwanowna so viel Sorge bereitet, hat in Warwaras Kopf keinen Platz, nicht einmal einen winzigen Fleck. Das zeigt einmal mehr, dass sie nicht ganz richtig im Kopf ist. Und außerdem: dass sie nicht flüstert. Dass sie «Krieg» sagt, als wäre es bloß ein Wort.

Und andererseits: Die letzten Nachrichten von der Front, wie lange sind die schon her? Ja ist denn, fragt sich

Marfa Iwanowna und erschrickt nicht wenig über sich selbst, ja ist denn dieser Krieg überhaupt noch im Gange? Oder ist es am Ende nichts als ein Vorwand, nur mehr und mehr und immer nur noch mehr Steuern aus einem herauszupressen?

Ein einziger großer Raubzug gegen den Bauch.

Marfa Iwanowna traut den Herrschaften, den hohen, den fernen, nicht über den Weg und alles zu.

Na, und dem Teufel sowieso.

IX

Pjotr ist alles suspekt. Diese Schlösser, die neuerdings alle haben. Wadik. Warwaras Getuschel mit ihm. Pjotr hat versucht, darüber mit Inna Nikolajewna zu reden, die aber hat nur gesagt: Ach was. Sie ist heilfroh, dass Wadik mit anpackt im Haus.

Ach was, hat Pjotrs Frau nicht gesagt, aber sie hat auf eine Art geschwiegen, die ihm gründlich missfallen hat. Ihre Arbeit hat sie nicht einmal unterbrochen, als er Dinge in den Bart gegrummelt hat.

Und Marfa Iwanowna? Hat ihn gar nicht erst zu Wort kommen lassen. Hat irgendetwas von einer Schlägerei vorgeschwatzt und ist gleich weitergeeilt; sie hat eine große Familie und keine Zeit zu verlieren. Sie hat einen Ackerstreifen und ein Haus und einen Magen und seit neuestem so ihre Gedanken über den Teufel, die sie nicht gerne teilt, jetzt noch nicht, später vielleicht. Da kommen ihr irgendwelche Vettern irgendwelchen Grades gerade recht, solche, wie sie jeder hier hat, solche, die mit verlässlicher Regelmäßigkeit einander die Köpfe einschlagen oder ihre Frauen windelweich prügeln oder einfach nur im Suff vornüberstolpern und einen Höllenlärm veranstalten, damit es nur etwas zu reden gibt für die anderen. Und dabei ist das alles nicht der Rede wert. Schlägerei, herrgottnochmal. Als Nächstes fängt sie noch an, darüber zu philosophieren, dass der Mensch zwei Beine hat und der Wolf vier.

Pjotr, der sich nicht beirren, sich keinen Deut von den blauen Flecken ablenken lässt, mit denen man ihm schwatzend daherkommt, fasst den Entschluss, etwas zu unternehmen, notfalls alleine – nur was? Er kann nicht einmal sagen, wogegen genau. Er beschließt vorerst nur, ein Auge auf Wadik zu haben, besser zwei, das ist auch die Anzahl in seinem Gesicht. Marfa Iwanowna sagt, Wadik, der Fremde, der habe so einen ganz gewissen Blick. Aber ganz gewiss blicken kann schließlich auch Pjotr, und nicht nur blicken, sondern auch sehen.

Wen im Auge behalten, das bedeutet: ausspähen, aushorchen, belauschen. Das bedeutet viele Dinge, für die sich Pjotr zu greis fühlt, aber was soll's. Pjotr kann sich noch an den alten Gutsbesitzer erinnern und auch an die Zeit der Leibeigenschaft. Der Alte ist lange schon unter der Erde, aber die Arbeit auf den Äckern ist noch dieselbe. Man steht mit den Hühnern auf; manch einer mit einem Gähnen, manch einer mit einem Stöhnen und manch einer mit einem irgendwie heiseren Ächzen. Romantik des Landlebens. Auf den Äckern sind viele der Bäuche von Hunger gebläht. Haut und Knochen, ja, aber dünn ist man hier nicht.

Denkt Pjotr und ist auch schon beinahe bei Wadik. Nur noch einmal links und dann – bis dahin überlegt er sich noch eine Strategie.

•

Was der bloß? Inna Nikolajewna muss sich doch wundern, dass Pjotr hinter einem Baum steht, nahezu reglos, na so was. Versteckspielen? In dem Alter?

Als sie eine Stunde später wieder aus dem Fenster blickt, hinguckt, ist Pjotr immer noch da. Der gleiche knorrige Baum. Die gleiche Haltung. Immer noch *hinter* dem Stamm.

Verborgen bis auf ein Bein und den Kopf, der mal rechts, mal links hervorlugt. Und gelegentlich ausspuckt.

Dass Pjotr alt wird, ist kein Geheimnis. Aber plemplem? So ganz urplötzlich, so ganz aus dem Nichts? Dabei ist es für ein kleines Dorf wie ihres doch wirklich genug, dass schon Warwara Brei im Kopf hat. Ein versteckspielender Greis hat da gerade noch gefehlt.

Inna Nikolajewna weiß nicht so recht, was tun. Wie soll man das auch wissen? Schließlich kommt es nicht alle Tage vor, dass einer auf einmal verrückt wird, bei dem man sich kürzlich noch Rat holen konnte.

Inna Nikolajewna geht hinaus und bietet, weil ihr nichts anderes einfällt, Pjotr Tee an, den sie erst aufsetzen muss.

Wo ist denn Wadik?, fragt Pjotr.

Unterwegs.

So.

Inna Nikolajewna stellt keine Fragen. Denkt aber, man sollte mal mit Pjotrs Frau sprechen, nein, nicht bei Gelegenheit, sondern bald und irgendwie taktvoll.

Am Abend erzählt sie Ilja davon, der nichts weiter sagt, nur: dass er schon immer so ein Gefühl hatte bei Pjotr. Er sagt nicht, dass er Pjotr hasst wie die Pest. Stattdessen sagt er: Was hast du denn erwartet, von einem, der an den Fluss geht, um ihn zu befragen? So einer wird eben auch mit Bäumen sprechen.

Genauer: mit dem Baum an ihrem Haus.

Inna Nikolajewna, die felsenfest auf fallende Messer vertraut, findet nicht, dass Flüsse und Bäume das Gleiche sind. Außerdem, sagt sie, habe sie Pjotr doch überhaupt nicht mit dem Baum reden hören.

Sie sagt das so, als würde das etwas erklären, obwohl es in Wahrheit gar nichts erklärt.

X

Manche Dinge passieren einfach. Einfach so und ohne Erklärung. Und vor allem: Ehe man sichs versieht.

Und manche Dinge passieren nicht einfach, sondern sie sind schon passiert. Zum Beispiel: die Dinge, die in Annuschkas Truhe liegen. Also, die da ganz unten.

Die kleine Annuschka, die brave Annuschka, noch weiß niemand von diesen Dingen ganz unten, noch weiß sie es selbst nicht genau, dass sie stiehlt. Sie stiehlt wie ein Rabe, wie eine Elster, wie jemand, der nie etwas anderes kannte. Beiläufig. Als wäre es das Natürlichste auf der Welt. Und die Ikone auf ihrem schiefen Holzbrett schaut zu.

Den Anfang macht der kleine Vogel, den Wadik nur für einen Moment aus den Augen lässt. Dann kommt ein geschnitzter Bär dazu. Dann ein Hase. Noch mehr geschnitzte Hasen, nämlich zwei. Drei Eulen. Ein Fuchs. Ein Wolf. Noch ein Fuchs. Wieder Hasen, wieder zwei. Und eine Schabe.

Außerdem: ein graubrauner Stofffetzen. Ein Viertel Brot. Und ein Stein, der nicht viel härter ist als das Brot.

Und zwischendurch noch: Warwaras Schloss.

Das aber legt sie gleich wieder zurück. Weil sie nicht weiß, wie man es für das Wetter benutzt. Und weil Warwara sicher gleich einen Riesenaufstand gemacht hätte wegen dem bisschen Rost und Metall. Und weil man das Schloss doch braucht wegen der Kuh.

Aber warum eigentlich? Irgendwo schließlich, denkt Annuschka, muss das Tier sich doch wärmen. Und je mehr Körper sich drängen im Haus, desto wärmer ist es für alle, nicht bloß für die Kuh. Heimeliger noch dazu. Kein Zweifel, dass das Schloss flugs verschwinden wird, sobald der nächste Frost kommt.

Wenn Annuschka in ihrem Kopf Inventur machen würde, nicht nur eine Truhen-Inventur, eine ganze Dorf-Inventur, dann wäre der momentane Stand ungefähr dieser:

Was der Fluss regelmäßig anspült:

- Holz (vermodert; z. B. Planken, Stämme, Äste)
- Algen
- Eisen (rostig; z. B. Nägel)
- Leinen
- Steine
- Schnüre

Was der Fluss noch nie angespült hat:

- Stiefel
- Flaschen

Was als Schatz auf dem Markt gehandelt wird:

- Knöpfe (sehr selten)
- Drähte (ebenfalls rar)
- Dinge, die in Wahrheit kein Schwemmgut sind (ziemlich häufig, eigentlich immer)

Was Inna Nikolajewna auf dem Markt kauft:

- Geschichten

Dinge, deren Herkunft im Dunkeln bleibt:

- Röhrchen
- Schloss

Dinge, von denen niemand wissen darf:

- Vogel (geschnitzt, in Annuschkas Truhe)
- Bär (geschnitzt, fand irgendwie auch dorthin)
- Hase (geschnitzt, auch dort)
- noch ein Hase (auch)
- und noch einer
- und außerdem: siehe oben

XI

Schon erstaunlich, denkt Annuschka, wie manche Dinge doch kommen. Wie sie zu ihr kommen, ohne jegliches Zutun, als wären sie ganz allein für sie bestimmt. Fast, als hätte sie einer für sie bereitgelegt, als hätte einer von der Truhe gewusst, bevor sie es selber wusste. Als hätte einer, aber natürlich hat keiner. So naiv ist Annuschka auch wieder nicht.

Überhaupt ist Annuschka nicht auf den Kopf gefallen. *Das Kind ist nicht auf den Kopf gefallen.* Das sagt Großvater häufig und gefällt sich jedes Mal selber dabei. Großvater ist sicher, das sei ganz allein ihm zuzuschreiben, wem denn sonst. Gut, natürlich dem Herrn. Aber gleich nach dem Herrn, da kommt auch schon er, der Großvater, das weiß hier ja wirklich jeder im Dorf.

Nun sind allerdings, betrachtet man die Sache genauer, zwischen Großvater und dem Herrn noch der Zar und der Gutsbesitzer, die aber zählen nicht richtig; wie kann jemand schon richtig zählen, den man sein Lebtag nicht gesehen hat? Auch den Herrn hat Annuschka nicht mit eigenen Augen gesehen; nur die Ikone sieht sie jeden Tag.

Aber den Mann mit den sauberen Nägeln, doch, den schon, den hat sie natürlich gesehen, mit höchsteigenen Augen, mehr als nur ein einziges Mal.

Annuschka denkt zwar viel an die Truhe, aber sie denkt wenig darüber nach. Eine Grüblerin ist sie nicht. Wer hat schon die Zeit, über sich selbst nachzusinnen? Lieber beobachtet sie andere, das ist auch viel unterhaltsamer.

Andere, das ist zum Beispiel Pjotr, der stundenlang hinter dem Baum steht. Völlig unbegreiflich, aber die Alten sind eben nicht zu begreifen.

Unbegreiflich ist auch der Großvater, der Warwara sein Ohr leiht, ihr Geplapper geduldig erträgt. Unbegreiflich ebenso das Schloss und viele andere Dinge. Dieser Landstrich, hat sie einmal sagen hören, ist mit dem Verstand nicht zu begreifen. Woher das wohl kommt?

Unbegreiflich ist auch im Übrigen Wadik. Das aber ist wahrlich kein Wunder. Wie soll man denn einen begreifen, der stumm vor sich hin arbeitet, der nichts erzählt, nichts von sich und auch sonst nicht viel. Der nicht einmal fragt nach seinen hölzernen Tieren. Jemand, der so sorgsam die Späne wegräumt wie er, der lässt doch nichts liegen, nicht einfach so.

Kurz taucht in Annuschkas Kopf ein Gedanke auf, aber sie wischt ihn beiseite. Nein. Nein, das kann wirklich nicht sein.

Annuschka ist eine gute Beobachterin, aufmerksam, eigentlich. Aber gerade jetzt ist sie mit ihren Gedanken an so vielen Orten, dass sie erst nicht bemerkt, wie Ilja aufgehört hat, Wadik grimmig zu mustern. Wie Ilja und Wadik plötzlich die Köpfe zusammenstecken. Wie Wadik zum Iljianismus bekehrt worden ist.

Das aber kam so: Wadik sagt nicht viel, aber das sagt er doch, dass er Bücher kennt, von längst verstorbenen Männern, einige auch von lebenden. Die Bücher der Lebenden interessieren Ilja nicht. Die der Verstorbenen imponieren ihm aber so sehr, dass er annimmt, Wadik hätte sie selber gelesen. Jedenfalls folgert er, einer, der Bücher kennt, der muss auch am Röhrchen Gefallen finden. Erst recht ein Offizier.

Oder vielleicht kam es so: Wadik sagt nicht viel, aber er sagt, sodass Ilja es hören kann, wohlgemerkt nicht aber Inna Nikolajewna: Tagelang Brot, immer nur Brot, das könne es doch nicht geben. Und da steigt aus Iljas Magengegend eine Sympathie auf, die nicht danach fragt, ob Wadiks Verwunderung ein Hauch von Empörung beigemischt ist oder nicht doch etwas Achtung. Oder gar Neid.

Oder auch so: Wadik sagt nicht viel, genau genommen gar nichts, und jemand, der schweigt, der fällt nicht zur Last. Und schweigen muss man, wie soll man sich auch sonst konzentrieren, wenn man das Röhrchen studiert?

Annuschka weiß nicht, was sie halten soll von all dem, was das Dorf sich erzählt. Sie hat Warwara gefragt, ob die vielleicht. Die aber hat nur mit den Schultern gezuckt, wie eigentlich immer, wenn man was fragt. Aber was hatte sie erwartet? Dass Warwara sagt – ja, was denn?

So eine dumme Gans.

XII

Gänse sind gar nicht dumm. Ganz und gar nicht. Im Gegenteil: in höchstem Maße intelligent. Erstens sind sie schwer zu rupfen, die Federn stecken tief in der Haut. Zweitens haben sie kräftige Schnäbel. Drittens wissen sie, dass Pjotr nichts zu suchen hat hinter Bäumen. Oder Sträuchern. Oder Häuserwänden. Oder Heuballen. Das geht gar nicht an, schnattern sie, nicht in dem Alter.

Recht haben sie. Was hat er den Gänsen und ihren Schnäbeln auch im Wege zu stehen?

So geht es jedenfalls nicht.

Das hat Pjotr so bestimmt gedacht, dass er es laut gesagt hat. Hat es jemand gehört? – Ja. Seine Frau, die ihn merkwürdig anguckt. Na, soll sie doch denken, was sie will. Hauptsache, eine Entscheidung ist gefällt.

Überhaupt nichts, rein gar nichts macht sich Pjotr aus dem, was sich seine Frau denkt. Oder was sie vielleicht denkt. Oder was sie auch nicht denkt. Nur lästig ist es, wie sie ihn in letzter Zeit beäugt, wie sie auf einmal dazu neigt, hinter ihm zu stehen oder neben ihm, aufzutauchen, urplötzlich, so ganz aus dem Nichts.

Wenn er es nicht besser wüsste, könnte er fast denken, er werde verfolgt. So etwas Lächerliches! Ein Verfolger, der verfolgt wird. Soll die Frau doch bleiben, wo der Pfeffer wächst!

Da aber bleibt sie leider nicht.

Wegen der Gänse also und seiner Frau und der Gicht, vor allem wegen der letzten beiden, beschließt Pjotr, dass es so nicht weitergehen kann mit dem Wadik-im-Auge-Behalten. Also, dass es zwar weitergehen muss, aber besser auf eine andere Weise.

Das heißt: Taktikwechsel.

Leider, muss man sagen, ist Pjotr kein geborener Stratege. Mit einiger Exaktheit weiß er eigentlich nur, wie man den Finger, den feuchten, dem Wind entgegenhält. Wie man ausspuckt, dass die Kinder und Erwachsenen der Ekel überkommt. Wie man Ilja zur sicheren Weißglut treibt.

Vermutlich ist er auf diese Weise verantwortlich für das erste weiße Haar, das sich in Iljas Bart zeigte, in einem Winter eines Jahres. Und bekanntlich zieht ein erstes weißes Barthaar ein zweites und ein drittes nach sich. Und ehe man es sich versieht, hat man einen weißbärtig gemacht, der es einem nicht dankt. Aber so ist die Welt eingerichtet. Dagegen kennen nicht einmal die Geister des Flusses ein Mittel.

Natürlich! Die Flussgeister.

Dass er nicht gleich darauf gekommen ist! Die muss man befragen, um Hilfe bitten gar. Wenn einer alles weiß, dann sie. Wenn einer alles kann, dann ebenfalls sie.

Nur leider sind diese Geister launische Wesen, tückisch, selbst zu ihm, der sie am besten kennt. Aufpassen muss man. Aber das muss man ja immer im Leben. Wenn einer nicht aufzupassen weiß, höllisch auf sich selbst und auch sonst, dann bekommt er längst nicht so viele Jahre zusammen, wie Pjotr sie sehr sichtlich vorzuweisen hat, da so imposant auf dem Rücken, auf seinem höchsteigenen Buckel.

Das ist nicht bloß dahingesagt: Pjotr hat wirklich einen Buckel, der die Silhouette schwungvoll krümmt.

Wenn die Geister gewillt sind, dann vermögen sie vieles, wenn man den richtigen Moment abpasst, den richtigen Ton trifft, der Mond günstig steht und die Sterne. An der Strömung kann man sie ablesen, die Stimmung des Flusses und seiner Bewohner, am Wind und an den Tänzen der Fische. Pjotr geht täglich an den Fluss.

Er weiß, an welcher Stelle das Ufer bröckelt, wo man den Fuß wie aufzusetzen hat, welchen Stein man meiden muss, tunlichst, und welches der Wasserwesen. Er weiß, dass man besser nicht zu geradeheraus, aber auch nicht zu gewunden in seinen Reden sein sollte, dort am Ufer, wo er so häufig steht und auch heute wieder, jetzt.

Vor allem aber weiß er: dass man den Wesen des Flusses besser nur jedes dritte Wort glaubt. Boshaft sind sie und verschlagen, das liegt in ihrer Natur.

Pjotr kennt die Todesarten, alle, auf die sie sich so gut verstehen. Als da wären:

Tod durch Ertrinken, durch Hineinziehen ins Wasser, durch Verfangen in Algen. Die Wassergeister haben lange, spitze Krallen, mit denen sie fest zupacken. Mit einem Lachen.

Außerdem: Tod durch Verseuchen des Wassers. Tod durch Fäulnis der Luft. Tod durch die Tode der Fische.

Tod durch Irreführung. Tod durch Verwirrung der Sinne, der Füße. Tod durch bröckelnde Steine und rutschende Erde.

Die Laune der Geister ist eine der häufigsten Todesursachen. Die einzige aber ist sie nicht.

XIII

Es ist zum Verzweifeln, denkt sich so mancher im Dorf, wenn auch lange nicht jeder. Keiner will bemerkt haben, wie. Das ist ganz typisch für diese Gegend. Man will nicht gesehen haben, wie, nicht mitbekommen haben, dass. Ganz besonders seit der Krieg begonnen hat; begonnen wegen einem Mann, den man hier nicht einmal kennt.

Im Übrigen hat man alles bemerkt, natürlich, absolut alles und jedes und jeden, und ganz besonders: jedes Detail. Zum Beispiel: dass Wadik der einzige junge Mann ist im Dorf. Zum Beispiel: dass Wadik nichts besitzt außer seinen Armen und Beinen, die ihn immerhin nützlich machen für die Nikolajewna. Keine Stiefel, kein Gewehr, nur eine schmutzige Scherbe, griffbereit, in der Hosentasche.

Wäre nicht die Weißheit von Iljas Bart, wäre nicht die Entschlossenheit von Inna Nikolajewnas Armen, wie sie sich fest in die Hüften stemmen, man hätte längst schon etwas gesagt. Bestimmt hätte man eingestimmt in den düsteren Singsang von Pjotr. Man hätte es nie so weit kommen lassen.

Denkt man, wenn auch nicht sehr laut.

Dass Wadik ein Offizier ist, glaubt hier eigentlich keiner, aber uneigentlich hört man gerne Geschichten. Viel, viel wichtiger ist, und das möchte man schon doch mal wissen:

Ist Wadik ein Dieb?

Erinnert euch! Der Erste wäre er nicht.

Auch nicht der Letzte.

In Zeiten wie diesen.

Ganz besonders in Zeiten wie diesen.

(Präzisierungen, jedwede, unnötig. Man weiß so genau, was das heißt, dass man es lieber nicht zu genau hören möchte.)

Fest steht: Mit Wadik breitet sich der Iljianismus aus. Wie eine Krankheit, sagt Pjotr, wie ein Lauffeuer, sagt Pjotr, wie Unkraut, sagt Pjotr und spuckt aus und aus und aus. Schaut vorwurfsvoll drein wie immer, vom Röhrchen gebeutelt, nicht aber gebeugt. Fest entschlossen, die letzten Pjotrianer nicht zu verlieren, die sich manchmal noch um ihn scharen.

Der Iljianismus, und das hat er eigentlich doch mit dem Pjotrianismus gemein, ist so manches und vieles. Auf jeden Fall aber hat der Iljianismus mit Ilja und mit den Iljianern zu tun, mit dem Röhrchen, das jetzt so viele studieren, aber auch mit Warwara und Warwaras Schloss. Und mit Wadik, mit dem auch, ganz besonders mit dem.

Wie kein anderer versteht es Wadik zu schweigen und schweigend zu beobachten: das Quecksilber; Iljas verblassende Augen dicht vor dem Röhrchen. Der ideale Assistent.

Nur im Schlaf redet er.

Versteht er, was es mit den Röhrchenstudien auf sich hat? Versteht er es so ganz und gar und durch und durch?

Nicht zittern, sagt Ilja. Wer mit dem Röhrchen hantiert, braucht eine ruhige Hand. Braucht alle Aufmerksamkeit. Braucht eine Aura von Geheimnis um sich.

Wadik beherrscht Letzteres sogar mit Bravour.

Das Röhrchen. Ilja hat es sich selbst beigebracht, sich selbst beibringen müssen, aber eben auch können. Eine Eingebung, eine Erleuchtung, ein einziger flüchtiger Augenblick, und schon wusste er: Dieses hier, dieses Stück Glas und Quecksilber ist der Fortschritt, dem man dienen muss, weil er nicht aufzuhalten ist.

Nichts hat ihn seither von seinem Weg abbringen können, nicht einmal jener Mann. Jener Mann, ach, das ist schon viele Jahre her, dass er aufgetaucht ist zwischen denen, die sich um das Röhrchen einzufinden pflegen, und dass er gesagt hat (oder dass er gesagt haben soll, wer kann das jetzt noch genau wissen): So ein Röhrchen, das habe er schon oft gesehen, gar nicht so besonders und so weiter und so fort, und dass er dann den Namen gesagt hat, den griechischen, den sich das Dorf nie hat merken können. Und dass dann Ilja erklärt hat, geduldig: Stimmt, damit kann man die Temperatur messen, von Menschen, aber eben auch die Landschaft und die Schwingungen ihrer Luft, was im Grunde dasselbe ist. – Jener Mann, er wurde nicht mehr gesehen.

Wadik assistiert, aber ein Lehrling ist er nicht. Oder nicht unbedingt. Er stellt keine Fragen. Während Ilja das Röhrchen betrachtet, Warwara das Schloss an der Tür, Pjotr den Fluss und die Ikone in der Ecke sie alle, steht und sitzt und schnitzt er und macht sich Gedanken, die er mit niemandem teilt. Was er inzwischen gelernt haben muss: dass das Glas des Röhrchens ein Element umschließt, das unsichtbare Kräfte in Bewegung setzen, das flüssig ist, ohne erhitzt zu werden, farblos, aber nicht undurchsichtig, wunderbar, aber nicht magisch. Magisch nur vielleicht. Forschungsobjekt und Instrument, Götze und Diener. Nur mit Fingerspitzen zu berühren, die aus Intuition achtsam sind.

Was er besser auch gelernt haben sollte: die Falten auf Inna Nikolajewnas Stirn zu deuten. Die sich dann bilden, wenn er zu nah an das Röhrchen und seine Jünger herantritt.

Was er dazu sagt: –

Ilja sagt, denn wenn sonst niemand etwas sagt, sagt manchmal Ilja etwas in die Stille und in den Raum hinein. Er sagt: Mhm. Oder: Hmm. Oder: Hmh. Oder: Mhh.

Warwara sagt: Mein Schloss ist vielleicht gar nicht rostig, nur rostfarben.

Was hat das denn jetzt mit dem Röhrchen zu tun?

Nichts. Wollte sie nur einmal gesagt haben. Hat sie jetzt.

Aha.

Warwara ist jetzt ständig um Ilja. Kein Wunder, sagt Marfa Iwanowna. Rumsitzen, seufzt Marfa Iwanowna, ist nun einmal leichter als Eimer von Wasser, von Flusswasser, um konkret zu sein, das geholt werden will, ohne gleich verschüttet zu werden. Arbeiten, das aber muss schließlich jemand. Sagt sie und ist auch schon weg.

Der Iljianismus liegt in der Luft, eine ernstzunehmende Angelegenheit – und also auch eine, der man hier mit Ernst begegnet, mit reichlichem und gebührendem und überhaupt allem. Vielleicht, sagen manche, ist das Zeitalter des Röhrchens längst angebrochen, sagen sie, nur haben es noch nicht alle bemerkt. Vielleicht heißt aber auch: vielleicht nicht. Vielleicht heißt auch: Man weiß nicht so recht, was man lieber hätte. Vielleicht liegt auch nichts in der Luft außer einem bisschen Staub.

Spricht man Ilja darauf an, so weiß er nichts über irgendwelche Zeitalter zu sagen. Fragt man Pjotr, dann spuckt er aus, als wäre das schon Antwort genug. Eine knifflige Sache. So mancher wird aus Neugierde zum Iljianer.

Zugegeben: Zeitalter, das ist ein Wort, das genauso gut griechisch sein könnte. Silbenreich und abstrakt und irgendwie fremd auf der Zunge. Ein Wort, dessen Bedeutung man eher ahnt als genau weiß. Ein nahezu magischer Klang. Zeit. Al. Ter. Das Alter der Zeit. Das Altern einer jeden Zeit.

Iljianismus – noch so ein Wort, das immer nur die anderen sagen. Ilja nicht. Fragt man Ilja, dann sagt er ganz andere Wörter: Röhrchen, zum Beispiel. Oder: Wetter. Oder: Luft.

Und wenn man Ilja fragt, ob es ein zweites Röhrchen gebe, irgendwo, in der Kreisstadt vielleicht, in der es sonst alles gibt?

Und wenn man ganz generell, beiläufig und aus Versehen, das Thema Kreisstadt berührt?

Und wenn man?

Man ist nicht rückständig hier, man lebt nur abgelegen, sagt Ilja. Sagt: Mhm. Ein stilles, nachdenkliches «Mhm», das ihm das Röhrchen eingegeben hat. Sagt: Das ist auch gut so. Sagt: Uns guckt hier keiner zu genau auf die Finger.

«Keiner», damit ist die Kreisstadt gemeint, damit ist aber auch der Gutsbesitzer gemeint, damit ist auch der Mann mit den sauberen Nägeln gemeint, der jetzt immer häufiger kommt. «Keiner», damit ist überhaupt jeder gemeint, der mit irgendwelchen Reden daherkommt und mit dem wieder geht, was aus ihrer Erde kommt.

Im Übrigen: Wäre Wadik ein Städter, dann wäre er nicht einmal Inna Nikolajewna willkommen, Messer hin oder her.

XIV

... ja das.

Geht mich jetzt nichts an ...

Ach was!

... aber man lebt doch nur zwei Häuser weiter, da ist es dann nur natürlich ...

Natürlich!

... dass man sich eben so seine Gedanken macht ...

Eben!

... ich meine, wer macht sich die nicht, jeder macht sich doch so seine Gedanken, dafür hat man ja schließlich einen Kopf auf den Schultern ...

Wohl wahr! Einen Kopf!

... einen, an den man sich fassen muss ...

Fassen, genau!

An Annuschka fliegen die Worte nur so vorüber. Was interessieren sie die Köpfe irgendwelcher Leute, auch wenn die Leute gleich nebenan wohnen. Was interessieren sie schon Köpfe, an die sich gefasst wird, die gerauft werden, geschüttelt, zerbrochen, die nur so zusammengesteckt werden, wo immer man hingeht. Sie hat ihren eigenen Kopf, und der ist randvoll mit allerhand Dingen. Die Worte der Leute, sie brausen nur so an ihr vorbei und vorüber wie Vögel, wie Adler, wie Eulen, wie holzbraune Spatzen. Wie die ganze geschnitzte Vogelwelt, die in ihre Truhe geflattert ist, seit Wadik, der Fremde, im Dorf wohnt.

In ihrem Haus.

Zugegeben: Seit Wadik die Uniform abgelegt hat, also, ausgezogen hat, um sie zu schonen (oder sich selbst vor allerart Blicken), wirkt er gleich etwas weniger fremd. Und neuerdings, da spricht er auch, mit ihr, mit dem «Kind».

Sag, Wadik, wie sieht es aus, das Dorf, aus dem du gekommen bist?

Sag, Wadik, wie heißt das Dorf? Wo liegt es? Wie viele Güter entfernt?

Sag, Wadik, sag.

Aber Wadik spricht nur, worüber *er* sprechen will. Und ein Kind ist Annuschka im Grunde längst nicht mehr; zum Beispiel weiß sie ganz genau, was das für ein Fleck ist unter Wadiks Auge, der da gerade von grün wechselt zu gelb. Der Fleck ist neu, aber auch darüber spricht er nicht.

Dann also worüber?

Was für ein Glück, sagt Annuschka, dass ausgerechnet Großmutter das Messer heruntergefallen ist. Nicht Großvater, nicht sonst wem.

Weißt du, sagt Annuschka, der Erste bist du ja nicht. Es ist ein abgelegenes Dorf, aber wenn man weiß, wo man abbiegen soll, oder wenn man es nicht weiß und sich an der Weggabelung irrt, dann kann man hier schon mal landen.

Ich bin nur den Fluss lang, murmelt Wadik.

Siehst du!, sagt Annuschka. Sagt: Die anderen, die hat Großmutter Inna nicht erwartet.

Das heißt – ?

Na, was hat man denn in deinem Dorf mit Leuten gemacht, die niemand ersehnt, die niemand zu sich gebeten hat? Die meisten wollen nicht mit leeren Händen gehen.

Verstehe, sagt Wadik. Fasst sich unters Auge, das grüne,

das gelbe. Schaut Annuschka an, wie sie so altklug vor ihm steht. Stellt keine weiteren Fragen. Sie haben für heute genug über den Fleck gesprochen, ohne eigentlich darüber zu sprechen.

•

Auch Annuschka hat ihre Geheimnisse, und es kommen täglich neue hinzu. Mindestens ein Geheimnis pro Tag, darunter macht sie es neuerdings nicht. Ganz frisch auf der Liste: einsame Streifzüge durch die Gegend. Wie ein Tier, das seine Runden zieht, mal mehr, mal weniger weite, ja, Weite, Weiten, weiter, darum geht es, um den Horizont, diese Linie, die sich mit jedem Schritt um einen Schritt nach hinten verschiebt. Ein lautloses Tier auf der Pirsch, die Frage ist nur: hungrig wonach? Linien lassen sich schließlich nicht essen.

Längst ist nichts mehr vor Annuschka sicher. Längst füllt sich nicht nur die Truhe, sondern hohle Baumstämme und -stümpfe. Es werden auch Löcher gegraben, an nicht näher anzugebenden Stellen. Und Bündel mit Steinen beschwert, um im Wasser versenkt zu werden.

Es geht nicht um Nahrung.

Der Wolf steckt sein Territorium sorgsam ab, auch der Fuchs hat ein eigenes Gebiet zum Durchstreifen, nur Annuschka pfeift auf Reviere. Sie ist überall und überall gleichzeitig. Gleichzeitig? Dochdoch, das geht.

Im Übrigen: Die Tiere erlauben es ihr. Annuschka, luftgleiches Raubtier, moosgleiches, erdgleiches Tier unter Tieren, ist so sehr Waldwesen, dass man sich im Rudel entsetzen würde, würde man eines Tages entdecken, wie geschickt sie mit dem Röhrchen hantiert. Gottseidank ist das Rudel besonnen genug, sich nicht ins Dorf zu verirren.

Oh, Annuschka, Annuschka, weißt du, kannst du überhaupt wissen, was du da tust?

Doch. Dochdoch. Annuschka ist ein kluges Kind und weiß: Sie hat nichts zu erwarten vom Leben. Sie weiß: Die Arbeit ist hart und der Winter unerbittlich, aber Inna Nikolajewnas Blicke sind längst nicht so streng, wie sie scheinen. Sie weiß: Eines Tages wird sie wen heiraten, den die Großeltern aussuchen werden, da ihre Eltern es nicht mehr können. So ist es hier Brauch.

Man kann nur hoffen, dass es nicht Arkadij sein wird, nicht der, mit seinem schiefen Lächeln. Und bitte, bitte, lass es auch nicht Mischa sein, der sich die Popel so genüsslich in den Mund zu stecken pflegt und dabei schmatzt, als wären es seltene Köstlichkeiten. Beide sind schon länger im Krieg.

Annuschka ist ein kluges Kind, und natürlich hat sie bemerkt, wie stark der Iljianismus im Aufschwung ist, seit sich – zwei Sensationen auf einen Schlag – mit dem Röhrchen jetzt auch noch Wadik begaffen lässt.

Vielleicht, sagt Annuschka zu ihm, sollte ich dir ein paar Stellen zeigen.

Stellen?, fragt Wadik.

Wo du deine Ruhe haben kannst. Vor allen. Wenn du das mal brauchst.

Verstecke?

Annuschka lächelt. Zum ersten Mal hat sie Wadiks volle Aufmerksamkeit.

•

Wie hast du das bloß gefunden?, fragt Wadik. Schaut sich verblüfft, nein, bewundernd um.

Es ist schon unglaublich, was Annuschka da aus dem Ärmel zu schütteln vermag: das verlassene Haus im dunkelsten Teil des Waldes. Der hohle Baumstamm, in den ein ganzer Mensch passt. Und nun diese Höhle, von außen nicht zu erahnen. Nass und dunkel. Totenstill. Man hört nicht einmal das Rauschen des Flusses, nicht ein einziges Tier. Und: Geräumig ist sie, das ist wichtig.

Wer kennt noch diesen Ort?

Niemand.

Warum zeigst du ihn gerade mir?

Sagte ich doch. Nur so. Für den Fall. Falls du dich mal zurückziehen willst. Oder auch musst.

•

Man muss sagen: Die Tiere sind nicht das Gefährlichste, was der Wald einem eindringenden Menschen zu bieten hat. Was, wenn du den *leschij* triffst?, fragt Warwara.

Eine gute Frage. Eine erstaunlich vernünftige Frage von einer, die bekanntlich den Verstand verloren hat, als ihr Mann. Ja, was eigentlich? Was dann?

Annuschka sagt: Dann zwinkere ich dem *leschij* halt zu.

Annuschka sagt: Dann bitte ich ihn, deinem Mann Grüße auszurichten.

Sagt: Dann gehe ich weiter meines Weges.

Aber jedes Kind weiß, dass niemand weiter seines Weges geht, der dem *leschij* begegnet. Nicht unbeirrt und auch sonst nicht. Das Verirren, das Verwirren, ist schließlich dessen Spezialgebiet und vor allem: liebster, allerliebster Zeitvertreib. Es gibt Fänge, aus denen kann sich ein Sterblicher unmöglich befreien.

Natürlich weiß das auch Annuschka, die ein Kind ist und kein Kind zugleich und wie alle hier panische Angst vor diesem Waldgeist hat, der über den Wald herrscht wie der Gutsherr über das Dorf.

Durch den Wald streifen und mit dem Röhrchen hantieren, Waldwesen und Dorfwesen sein wollen, beides gleichzeitig, was bildet sie sich da eigentlich ein? Annuschka, du bist doch kein Tier. Wie kommst du bloß auf eine solche Idee? Das kann nur so lange gutgehen, wie es gutgehen wird.

Sagt Warwara, sagt sich nur selten Annuschka selbst. Die nämlich sagt: Wird dahin führen, wohin es halt führt, kein Grund, sich vorher den Kopf zu zerbrechen. Das wird man dann eben sehen.

Nur Warwara weiß von Annuschkas Streifzügen, nur Warwara kann verstehen, dass man nicht alles verstehen muss, dass man von einer Kraft getrieben werden kann, angezogen, ach, dass es da eine schwer zu beschreibende, nicht zu erklärende Mischung gibt, die da heißt: geheimer Sog und Intuition.

Trotzdem oder vielleicht genau deshalb legt Warwara den Kopf schräg, warnt: Pass auf! Aber sie verrät den Großeltern nichts.

•

Annuschka ist mächtig stolz auf ihre Geheimnisse: auf die Streifzüge, auf die Verstecke, auf das Röhrchenwissen allemal, in das der Großvater sie einweiht. Und: Sie mag den Gedanken, dass sich Wadik jetzt zwar zurückziehen kann, nur nicht vor ihr.

Sie ist sich nicht sicher, warum ihr der Gedanke so gut gefällt.

Nicht, dass Wadik schon oft in den Verstecken gewesen wäre, die sie ihm gezeigt hat, aus einer schwer zu benennenden Laune heraus. Sie kommt, wie zufällig, auf ihren Streifzügen durch das Dickicht ja immer wieder an diesen Stellen vorbei; da registriert man durchaus, ob das Gras noch in dieselbe Richtung gebogen ist wie das letzte Mal, als man kam.

Annuschka streift mal hier, mal da herum und umher, zieht ihre Runden und Bahnen und ist trotzdem immer sofort zur Hand, wenn man im Haus nach ihr ruft. Als wäre sie gar nicht weg gewesen. Als hätte sie auf ihrem letzten Pirschgang, huch!, nicht zufällig eine kleine Figur entdeckt, geschnitzt, versteckt in einem besonderen Baum, den außer ihr keiner oder na ja: fast keiner kennt. Die Figur, nicht viel größer als ihre Hand, hat sie aus stummen Augen angeblickt, als hätte sie sie erwartet. Vielleicht hat sie ja wirklich auf sie gewartet.

Nicht nur ist Annuschka neuerdings überall und überall gleichzeitig, sie ist mit Vorliebe genau da, wo Wadik gerade ist oder eben noch war oder noch nicht war, aber gleich, gleich, ganz bestimmt, gleich noch sein wird.

Nein, nein, wer würde sich Böses dabei denken, wer würde sich überhaupt etwas denken, purer Zufall, was denn sonst? So ein Zufall wie die kleine Figur in dem Baum.

Aber Annuschka ist nicht die Einzige, die plötzlich wo auftaucht. Da ist ja noch einer, der derzeit immer wo auftaucht – einer allerdings, der derart tölpisch hinter Bäumen ausspuckt, dass er von der Großmutter gleich zum Tee zitiert wird. Einer, der die Weißheit seines Bartes gern vorschützt, wenn er zu irgendwelchen Tiraden ansetzt. Einer – aber wo steckt der eigentlich?

Ähm –

Pjotr?

XV

Unglaublich, wie in letzter Zeit die Ereignisse zum Überschlagen neigen, zu historischen Purzelbäumen und eigenwilligen Volten aufgelegt sind, wie ein heruntergefallenes Messer den Anfang macht, einen Ahnungen anwehen, so ganz leise, von fern irgendwie her. Und wie dann ein Mann bei einem auftaucht, ganz wie erwartet und doch irgendwie nicht. Na ja, ein Junge eigentlich noch, schlaksig und irgendwie verloren, aber mit einem Appetit wie eine ganze Horde von Männern. Wer hätte nur wissen können, wie viel der verschlingen kann, hätte einem vorher bloß wer geflüstert, dass das Röhrchen den auch noch völlig in seinen Bann ziehen wird, wenn man es sich recht überlegt –

In Inna Nikolajewnas Kopf schwirren die Gedanken nur so umher.

Schwer zu erklären, aber da ist eine merkwürdige Unruhe, die sie gegen ihren Willen erfasst hat, die ihr auf einmal die Zehen kribbeln lässt und ihre Hände zittern macht und die Gedanken so sehr verwirbelt, dass man gar nicht mehr weiß, was man denkt. Ist sie auf das Röhrchen eifersüchtig? Vielleicht.

Schon seit Stunden hockt Ilja heute mit dem Mann mit den sauberen Nägeln zusammen, diesem Unhold mit der Wampe, diesem ungebetenen Ungeheuer, diesem Unmenschen, dem mit dem festen Tritt. Stör uns mal besser nicht, hat er gesagt. Sie der Stube verwiesen.

Hilft nichts. Inna Nikolajewna kann auch durch die Wand hören, was drinnen besprochen wird. Es ist nur ein schwacher Trost, aber immerhin muss Ilja seine Aufmerksamkeit jetzt mal vom Röhrchen abwenden. Sonst kann er sie ja nicht diesem besonderen Gast zuwenden, der sich selbst einzulassen pflegt und sich keinen Deut darum schert, ob man ihn willkommen heißt oder nicht. Der es von Berufs wegen gewohnt ist, allezeit ungebeten zu sein.

Das Leben, weiß Inna Nikolajewna, spielt einem Streiche. Einen nach dem anderen, das ist der Lauf der Dinge. Was spielt es noch für eine Rolle, dass sie einen anderen im Kopf hatte, mit einem anderen ins Heu ging, als die Eltern Ilja anschleppten. Es kommt nicht auf die Anzahl der Worte an, die man miteinander gewechselt hat (falls man überhaupt welche gewechselt hat, wer kann sich schon an alles erinnern), wenn man Eltern hat, die. Bei der Hochzeit wurde laut *gorko* gerufen. Wie viele Jahre ist das jetzt her.

Und wie viele Jahre kennt sie schon Pjotr. Wirbeln und Schwurbeln der Gedanken. Sie hat nicht mit seiner Frau gesprochen. Nein, vergessen hat es Inna Nikolajewna nicht. Sie war auch nicht zu beschäftigt. Es kam ihr nur auf einmal nicht richtig vor. In Anbetracht seiner Bartweißheit. Und auch sonst.

Wer weiß, denkt Inna Nikolajewna, Pjotr wird schon seine Gründe haben, hinter Bäumen zu lauern, hinter einem ganz spezifischen Stamm, wer wollte da vorschnell sein. Außerdem: Sie braucht ihn doch. Mit wem soll sie sonst über den Fall ihres Messers reden. Über die Flugkurve in der Luft. Über das Muster winziger Speisebrocken, auf einen Schlag auf dem Boden verteilt.

Inna Nikolajewna presst das Ohr gegen die Wand. So hat es schon ihre Mutter gemacht, so haben es schon ihre Großmutter und deren Mutter und deren und deren. Allerälteste unter den weiblichen Weisheiten, erste unter den Überlebenstechniken mit einem Mann, der die meiste Zeit über nichts sagt. Jedenfalls kaum mehr als: Mhm.

Niemand musste ihr eigens beibringen, was einen das Leben schnell lehrt. Ob wohl Annuschka auch bald das Ohr gegen Wände pressen wird? Oder - beunruhigender Gedanke - tut sie es etwa schon längst? Wer kann es sich schließlich leisten, allzu langsam erwachsen zu werden, unerhörter Luxus, das ist hier nicht anders als in anderen Dörfern.

Inna Nikolajewna kann sich kaum noch erinnern, aber es gab sie doch, diese Zeit, als sie, die Alten, nicht alt waren, die Jungen noch nicht geboren. Wie hat Ilja ohne seinen weißen Bart ausgesehen. Wie zaghaft hat er sich zu ihr vorgebeugt, als die *gorko*-Rufe erschallten. Und die neuen Jungen. Die sich in die Arme eines Krieges begaben, den man sich im Dorf lieber nicht zu genau vorstellen will. Kommen sie wieder zurück? Wann?

Wa-was sagt er da? Konzentration, Inna Nikolajewna, Konzentration. Wie willst du denn etwas hören, wenn die Gedanken in deinem Kopf nur so lärmen. Es reicht nicht, sein Ohr nur in eine bestimmte Richtung zu halten. Man muss schon hinhören dabei.

Inna Nikolajewna - und das hat sie ja durchaus mit ihrem röhrchenversessenen Gatten gemein, mit allen im Dorf, ausnahmslos - verflucht ein Schicksal, das einem den Teufel an den Hals zu jagen imstande ist, mit sauberen Fingernägeln, auch das noch. Dabei weiß man: Anständige Menschen haben weder saubere Finger noch Nägel. Inna Nikolajewna muss da nur kurz ihre eigenen Hände besehen: der beste Beweis.

Noch einen Schluck?

Hinter der Wand wird es lauter. Natürlich. Was sonst. Oder eigentlich: nicht selbstverständlich. Überhaupt und ganz und gar nicht. Eigentlich: Gottseidank. Solange sich der Teufel noch mit etwas *samogon* abspeisen lässt, ist das Verderben noch nicht ganz eingekehrt.

Inna Nikolajewna wechselt das Ohr. Jetzt ist wieder das rechte dran. Nicht, dass es irgendeinen Unterschied machen würde, welches sie gegen die Wand drückt. Wobei ...

... sagen die Leute.

Sagt der Teufel hinter der Wand.

So? Sagen sie das? Iljas Stimme klingt rau.

Man sagt, da sei wer am Fluss gewesen.

Mhm. Ich hab keinen gesehen.

Es ist Krieg, sagt der Teufel hinter der Wand.

Weiß ich doch.

Nein, den meine ich nicht. *Der* ist vorbei. Es gibt jetzt einen neuen Krieg, einen anderen, wegen Ideen.

Ideen?

Auf jeden Fall: Wenn du wen umherstreunen siehst ...

Ich hab keinen gesehen.

Schon gut.

Noch einen Schluck?

Inna Nikolajewna versteht nicht viel. Nur dieses ungewohnte Gefühl: Sie ist stolz auf ihren Mann. Es gibt so viele Fragen in ihrem Kopf, die sie ihm unbedingt stellen muss.

Aber auch Pjotr möchte sie einiges fragen, nur ... Wo steckt der eigentlich?

XVI

Vorneweg: Natürlich horcht Annuschka an Wänden.

Vorneweg: Pjotr hat irgendwie keiner gesehen. Also, viele haben ihn gesehen, aber keiner in letzter Zeit.

Nein, auch nicht hinter dem Baum.

Nein, auch nicht am Fluss.

Nein, auch nicht.

Nein.

Vorneweg: Das Röhrchen kann da jetzt auch nicht helfen.

Vorneweg: Wadik hat nichts mit Pjotrs Verschwinden zu tun. Ganz gleich, was manche behaupten.

•

Noch ein Grund mehr zur Besorgnis: die Sache mit den Ideen. Je mehr Inna Nikolajewna sich das Gehörte durch den Kopf gehen lässt, desto unklarer wird alles. Als würde durch Nachdenken alles immer nur durcheinandergewirbelt werden, nie geradegerückt.

Und Ilja? Hat bloß vor sich hin gemurmelt. Wasweißtdudennschonvonideen. Lassdasmalmeinesorgesein.

Hat sich nicht gewundert, wusste natürlich, dass sie hinter der Wand gestanden hat. Nach soundso vielen Jahren Ehe.

Während Inna Nikolajewna aus ihrem Mann beim besten Willen nicht schlau werden und Pjotr nicht fragen kann, solange er wie vom Erdboden verschluckt bleibt, während Inna Nikolajewnas Gedanken sich immer nur drehen, ohne zu irgendeinem Schluss zu gelangen, dreht sich auch in Annuschkas Kopf alles im Kreis. So sehr, dass sie beschließt, Wadik abzupassen. Der muss es doch wissen. Ist ja uniformiert hier gelandet. Gehört es nicht zur Rolle als Offizier, über Ideen Bescheid zu wissen?

Was heißt hier *Rolle*? Ein Schnauben und schon macht Wadik klar: Bescheidwissen und Bescheidgeben sind zwei sehr unterschiedliche Dinge.

Schon gut, schon gut. Darum geht es doch gerade gar nicht. Bitte, Wadik, also, ich begreife einfach nicht –

Was ist da nicht zu begreifen? Weißt du, fragt Wadik, weshalb der Krieg angefangen wurde?

Nicht so richtig.

Siehst du! Erklärt Wadik mit einer gewichtigen Gewichtigkeit, die Annuschka noch nicht an ihm kannte. Was aber lange nicht zur Folge hat, dass sie jetzt auch gleich sieht, was da zu sehen sein soll.

Aus einer Laune heraus, sagt Wadik. So wie jeder Krieg, sagt Wadik. Auf Anordnung von einem, der noch nie Hunger zu leiden hatte.

Was hat das denn jetzt mit Ideen zu tun?

Alles.

Wie ist das möglich?

Hat Großvaters ständige Vagheit so schnell auf ihn abgefärbt? Spricht Wadik mit Absicht in Rätseln, um ihr die Antwort schuldig zu bleiben?

Annuschka weiß nicht viel über Ideen, aber so viel weiß sie doch: dass sie unsichtbar sind, luftige Wesen, die nicht mit den Händen zu greifen sind. Dass etwas so Luftiges so gefährlich sein kann, geht über ihren Verstand. Gefährlich, Gefahr, da, jetzt ist es einmal gesagt. Gefährlich müssen sie ja sein, diese Ideen, wenn ihretwegen ein neuer Krieg begonnen wird, wie der Mann mit den sauberen Nägeln sagt. Dem ist zwar kein bisschen zu trauen, aber in solch wichtigen Dingen lügt keiner, nicht einmal der.

Und Pjotr?

Bleibt unauffindbar. Dochdoch, man wird sich schon kümmern. Nur noch nicht jetzt, alles zu seiner Zeit. Ein Mann verschwindet. Eben noch hinter einem Baum, eben noch – und dann. Das gibt es nicht alle Tage, aber es kommt schon mal vor.

XVII

... der taucht schon noch auf, sagen manche; der muss nur seinen Rausch ausschlafen, sagen andere.

Der muss gar nichts, sagen die Pjotrianer und schielen nach Wadik.

Der aber hält sich bedeckt. Imitiert Iljas Mhms. Hält die Füße still.

Pjotr. Man weiß einfach nicht, was man denken soll. Man glaubt nicht wirklich, dass der irgendwo betrunken liegt. Man glaubt genauso wenig, dass Wadik. Aber sicherheitshalber ist da jetzt noch ein zweiter Fleck, schaut, da, unter dem anderen Auge. Nur für alle Fälle. Das hat eine beruhigende Wirkung. Lässt die Nachbarn mit den etwas schwächeren Nerven gleich besser schlafen.

Immerhin.

•

Im Dorf sagt man so manches und vieles und allerhand. Unter anderem:

Er ist runter zum Fluss.

Wer?

Pjotr.

Und? War doch ständig dort.

Schon, ja. Aber.

Was, wenn das Ufer nicht gehalten hat?

Was, wenn da noch wer war?

Wie? Noch wer?

Im Übrigen: Er kann gar nicht schwimmen.

•

Im Dorf sagt man auch:

Das Leben ist nicht so einfach wie ein Gang übers Feld.

Immer diese Weisheiten und Wendungen. Man sagt auch: dass sich eine Ahle nicht in einem Sack verstecken lässt. Urältestes unter den uralten Sprichwörtern.

XVIII

Und noch ein altes Sprichwort: Man weint nicht in Rjasan über eine Missernte in Pskow. Das ist nicht herzlos, bloß menschlich. Wie sollte man auch weinen, wenn man kaum mehr weiß als einen Namen, nicht einmal die Himmelsrichtung angeben könnte, in der sich Pskow – diese Konsonantenhäufung – befinden sollte. Und der eigene Magen verschont bleibt.

In Rjasan gibt es bestimmt so schon genug, worüber man weinen könnte, denkt sich das Dorf, das auch Rjasan nur dem Namen nach kennt. Denkt sich das Dorf, das zu viel mit den eigenen Bäuchen zu tun hat, um sich um fremde Bäuche bekümmern zu wollen. Der Krieg, heißt es scharfsinnig, der ist entfernt, der Mann mit den sauberen Nägeln, der ist dagegen im eigenen Ort.

Und Pjotr? Da liegt die Sache natürlich ganz anders. Es tut einem vorsichtshalber jetzt bereits leid für die Witwe.

Andererseits: ein Bauch weniger im Dorf. Das will schon etwas heißen in diesen Zeiten. In anderen Zeiten würde man so keinesfalls denken.

Diese Landschaft ist eine Landschaft der Redensarten und Geschichten, die sich vor einem ausbreiten, sich bis zur Unübersichtlichkeit ausfalten und in Nebensträngen verlieren. Eine Landschaft voller Weisheiten, mehr aus Gewohnheit als aus Tradition, mehr aus Intuition als aus sonst einer Erwägung. Man pflegt sich die Geschichten dieser Gegend auch deshalb zu erzählen, um sich die Gegend vom Leibe zu halten. Nun, nicht gerade vom Leibe: auf lebbarem Abstand. Wie schon die Eltern. Und die Eltern der Eltern. Und deren und überhaupt. Weil Geschichten so vieles so viel erträglicher machen.

•

Geschichtenerzähler sind nicht naiv.

Zum Beispiel erzählt man sich im Dorf: dass es im Fluss Flussgeister gibt, ganz so, wie im Wald Waldgeister hausen.

Zum Beispiel erzählt man sich im Dorf: dass Pjotr schüchtern war, damals, als Kind, dass er sich erst in späteren Jahren das Ausspucken angewöhnt hat. Dass ihn der Fluss so einiges gelehrt, ihm so einiges verraten, ihn vor so einigem gewarnt hat, nicht vor allem. Dass er mit dem Fluss gesprochen hat, nein, nicht mit dem Fluss, mit den Flussgeistern, dass er mit ihnen seinen täglichen Plausch hielt.

Wenn man ins Erzählen gerät, schweifen die Gedanken von Foma – und auch das ist wieder eine Redewendung – bis zu Jeroma ab. Man erzählt nicht, um sich zu erinnern. Man erzählt, um sich bloß ungefähr erinnern zu müssen.

Man weint nicht in Rjasan. Die Sache ist nur: manchmal doch. Man kann sich mancher Gedanken nicht einfach erwehren, die der Kopf, der eigene, geflissentlich an- und hochspült in schäumenden Wellen. Unliebsame Eigenart der Gedanken.

Zum Beispiel erzählt man sich im Dorf: dass Pjotr zu den Flussgeistern hinabgetaucht sein soll, dass sie ihm etwas zugeflüstert haben, was man keinem Sterblichen hätte wispern dürfen. Dass es ein Fehler war und leicht zu beheben. Ein dummer Zufall, die Flussgeister haben sich verplappert.

Zum Beispiel erzählt man sich im Dorf: das Märchen vom Bären Drückalletot. Es ist Warwaras Lieblingsmärchen, weil es so seltsam ist, so irgendwie nebulös und doch glasklar. Es ist gar nicht lang. Mitten auf dem Feld, heißt es zu Anfang, liegt ein Pferdeschädel. Und dieser Pferdeschädel wird zum Häuschen, denn sie alle kommen der Reihe nach vorbei und bewohnen es gemeinsam: Maus, Frosch, Hase, sogar Füchsin und Wolf.

Als Letztes kommt der Bär vorbeigeschlendert.

Häuschen! Häuschen! Wer wohnt in dem Häuschen?, erkundigt er sich und bekommt wahrheitsgemäß zur Antwort: Maus, Frosch, Hase, Füchsin und Wolf.

Und wer bist du?, fragen die Tiere höflich.

Da antwortet der Bär: Ich bin der Bär Drückalletot!, setzt sich auf den Pferdeschädel und, nun ja, drückt eben alle tot.

So viel zur beruhigenden Wirkung von Märchen.

•

Warwara ist vielleicht verrückt, aber nicht blöd. Sie weiß natürlich, was die anderen sagen, von wegen Brei im Kopf; aber Warwara wäre nicht Warwara, wenn sie sich daran stören würde. Nur wer nie Grütze im Kopf hatte, könnte das nicht verstehen.

Warwara wusste immer, dass es sie treffen würde, nicht die Schwestern. Schon die Großmutter hatte Brei im Kopf, väterlicherseits, man sprach nur nicht darüber. Sie saß da und wackelte mit dem Kopf, und der Speichel floss ihr am Kinn herunter. Ein lebendes Gespenst, eine Alte, deren Anblick man fürchtete, nicht vermeiden konnte, vor deren Reden man die Ohren verschloss.

Hätte sie besser zuhören sollen?

Warwara hat die Augen der väterlichen Seite, die kullernden Großmutteraugen, die Schwestern dagegen ähneln der Mutter. Mütterlicherseits leidet man früher oder später an Typhus.

Nein, Warwara wundert sich nicht, dass Pjotr – wenn es stimmt, was alle sagen – nun endgültig bei den Flussgeistern geblieben ist; ihr Mann ist ja auch schließlich zum Waldgeist gegangen. Und: Nein, weder für Pjotr noch seine schleimigen Klümpchen hat Warwara jemals viel übriggehabt. Sie nimmt die Nachricht von seinem Verschwinden ohne weiteres hin. Sie ist inzwischen geübt im Hinnehmen von Dingen. Am unbedeutendsten darunter: dass eine Füchsin, dass ein Wolf in einen Pferdeschädel passen sollen.

Gottseidank muss man als Verrückte selbst auf drängende Fragen keine Antworten zu geben wissen.

Verrückte werden nicht ernst genommen, nicht beachtet, sind so gut wie unsichtbar. Zwar nicht so unsichtbar wie Lew, aber unsichtbar genug, um einiges mitzubekommen.

Es heißt, hört Warwara Inna Nikolajewna sagen, irgendwie vorsichtig, bedächtig, da sei wer am Fluss gewesen. Es heißt, hört Warwara, hört noch so manches und vieles, was Ilja nur ein «Mhm» wert ist, vielleicht zwei.

Warwara hat nicht nur Ohren, Augen auch. Zum Beispiel sieht sie, wie Wadik Figuren schnitzt, mit nervösen Fingern. Sieht, wie Wadik die vornehme Uniform nimmt, in der er ins Dorf kam, und sie verbrennt.

Der wird wohl Inna Nikolajewnas bedächtige Fragen gehört haben.

Aber Warwara wäre nicht Warwara, wenn sie Zusammenhänge vermuten würde zwischen verschiedenen Dingen. Sie wäre jedenfalls nicht Warwara, wenn auch nur einer, ein Einziger im Dorf ihre Spekulationen ernst nehmen würde. Verrückten mit Brei im Kopf hört man nicht zu. Das war früher schon so, und es ist jetzt auch nicht anders.

XIX

Die Luft riecht nach Erde. Die Nase weiß schon: ein Geruch von Feuchtigkeit, aber nicht von Gras; nicht frisch, eher fischig, einen Tick abgestanden, aber nicht faulig. Schwer zu beschreiben, aber unverwechselbar, eine Spur Verwegenheit ist daruntergemischt. Ließe sich bei ausreichender Konzentration auch eine Note Überschwang ausmachen? Aus wie vielen Komponenten sich ein Geruch wohl zusammensetzt?

Man muss den Weg hierher kennen, um ihn zu finden. Dann jedoch kann man die Beine zwar nicht ausstrecken, sich aber sehr bequem anlehnen; kein Stein wagt den Versuch, sich spitz in den Rücken zu bohren. Eine ordentliche Anzahl an Käfern krabbelt über die Haut.

Du hier?

Wo sonst?

Mir würden da ein paar Orte einfallen, sagt Wadik, aber er sagt es wie ein Schulterzucken, sagt es so, als hätte er gar nichts gesagt. Macht für Annuschka Platz. Die lässt sich mit einem Plumps neben ihn fallen, zieht die Beine an.

Schön hier.

Ja.

Annuschka kennt nicht nur die irgendwie erdige Luft, diesen ganz speziellen Geruch, sondern alle Farben und Farbnuancen um sie herum, alle Linien und Flächen, alle Formen und Vorsprünge, alle sicht- und unsichtbare Morphologie. Sie hatte eine ganze Kindheit Zeit, alles zu ergründen, genug Forscherdrang, Verstecke wie dieses zu finden. Nur, dass sie nicht Versteck dazu sagt. Rückzugsort ist das Wort, das sie benutzt. Rückzug, ein militärisches Wort, strategischer Zug, Abzug, Rückzug. Rückzieher ist ein Wort, das Wadik dagegen nur ungern verwendet.

Ich will dich was fragen, sagt Annuschka.

Dann mal los.

Nein, nicht jetzt, später. Erst will ich zusehen.

Was immer Annuschka ursprünglich für Absichten hatte, was immer das für eine plötzliche Eingebung, für eine intuitive Volte war, die sie Wadik zu diesem Ort führen ließ – sie hat ihm nicht lange seine Einsamkeit gelassen. Hat es sich angewöhnt, sich dazuzusetzen, wenn er Figuren schnitzt, seine Handbewegungen genau zu studieren.

Wadik scheint nichts dagegen zu haben; zumindest sagt er nichts. Ganz besonders den Großeltern sagt er nichts, die würden es nicht verstehen, dass zwei sich immer mal wieder an einem Ort treffen, den sonst niemand kennt, damit der eine schnitzen kann und die andere überhaupt nichts machen dabei. Das bleibt besser nicht der Rede wert.

Und es ist ja auch nicht der Rede wert, wirklich nicht. Annuschka kann sich die Szene trotzdem lebhaft vorstellen, die man veranstalten würde im Haus:

Großmutter: Bist du denn von allen guten Geistern verlassen!

Großvater: Mhm.

Großmutter: [Weitere Ausrufe, ggf. Flüche]!

Großvater: Mhm.

Großmutter: [Lautere Ausrufe, definitiv Flüche]!

Aber zurück zur Realität. Da kommt nämlich gerade eine Reihe an Fragen auf Annuschka zu, aber auch eine ganze

Reihe an Stille. Wadik hat gelernt, auf sehr beredte Weise nichts zu sagen, auf eine Art zu schweigen, die das Schweigen bedeutsamer werden lässt als die Worte dazwischen.

Warum schnitzt du nicht selbst?

Ich schau lieber zu.

Na dann.

...

Wann fragst du mich nach dem Fleck? Nach dem zweiten.

Was?

Das ist es doch, was du fragen willst.

Eigentlich nicht. Gibt da nichts zu fragen. Oder denkst du, ich bekomme nichts mit?

...

Glauben die wirklich, ich hätte etwas mit dem Verschwinden des Alten zu tun?

Kommt darauf an, ob Pjotr wieder auftaucht.

Und?

Was und?

Glaubst du denn, dass er wieder auftaucht?

Nein.

Es ist zu dunkel, um aus Wadiks Gesicht etwas zu lesen. Da bleibt tatsächlich nur die mit Wörtern versehene Stille. Die Stille sagt, dass Wadik weiß, was mit seinen Figuren passiert. Natürlich weiß er das. Er stellt sie ihr ja förmlich hin.

Es hat länger gebraucht, bis Annuschka verstanden hat, dass es seine guten Seiten hat, die Vergangenheit beiseitezulassen. Die Gegenwart auch. Natürlich, am Anfang hat sie noch gefragt, so wie alle gefragt haben, die landläufigen Fragen an einen Fremden, die üblichen vorsichtigen Sätze an einen Nochlebenden, wollte alles wissen, ohne dass sie hätte benennen können, was «alles» heißt. Wie soll es schon gewesen sein im Krieg? Man lebt hier vielleicht abgeschieden, aber nun auch nicht gerade unter einem Stein.

Annuschka, das muss man ihr lassen, hat schnell begriffen: Es gibt Fragen, die man besser nicht stellt, wenn man erwachsen wirken will. Und Annuschka will um jeden Preis erwachsen sein, nicht bloß wirken. Sie findet, es ist an der Zeit. Im Übrigen interessiert sie sich gar nicht so sehr für Geschichte, nicht so sehr für Vergangenheiten und nur sehr bedingt für Gegenwarten, die in einem Wimpernschlag ebenso vergangen sein werden. Ihre liebste Zeitform, das ist die Zukunft, diejenige Zeitschicht, in die man mit Träumen hineinragt.

Auch Wadik hat so seine Abneigungen, seine Präferenzen gegenüber den Zeiten. Wadik sagt: Er möchte lieber keine Vergangenheit haben. Annuschka kann das verstehen. Sie fragt nicht mehr: Wo kommst du her? Sie fragt nicht: Hast du wen umgebracht? Einen? Viele?

Sie hat nur einmal gefragt: Und die Uniform? (Gefunden. Unterwegs aufgelesen, was sonst.) Sie respektiert es, wenn einer ihre Liebe für Träume teilt.

Nebenbei: Wer sich so eisern auf die Seite der Zukunftszeit schlägt, ist wie geschaffen für das Studium des Röhrchens, für Prophezeiungen und Prognosen, für große und kleine Visionen. Annuschka sieht ja, wie flink Wadik vom Großvater lernt, was es im Iljianismus zu lernen gibt. Wenn sie es nicht besser wüsste, könnte sie meinen, zumindest beinah, dass Wadik nur deshalb in ihr Dorf gekommen sei. Um seine Haut gegen eine Iljianistenhaut auszutauschen.

Sie weiß es natürlich besser: das heruntergefallene Messer, die Großmutter usw. Und dennoch. Falls sie sich auch nur ein bisschen über Wadiks Bereitwilligkeit wundert, zum Iljianismus zu konvertieren, sich so ganz zum Röhrchenstudium zu bekennen, dann gibt sie es jedenfalls nicht zu erkennen.

Kein Wunder auch, dass Wadik gleich am ersten Tag die Uniform ausgezogen hat, über die alle gesprochen haben. Die Frage ist nur: Wo ist die geblieben? Wäre das nicht etwas für ihre Sammlung, die in der Truhe? Oder besser noch: Es ist ja ein schmucker Stoff, robust dazu, wäre doch gelacht, wenn sich daraus nicht etwas nähen ließe, soll heißen: für sie. Für ihre Garderobe, die aus dem besteht, so ziemlich genau, was sie am Leib trägt.

Annuschka schiebt ein paar schwarze Erdklumpen hin und her, unbewusste Fingerübung. Schaut gedankenversunken einem dicken Käfer zu, überlegt, wie hart der Panzer wohl sein mag.

Weißt du, sagt Annuschka. Bricht ab, setzt wieder an.

Weißt du, der Mann mit den sauberen Nägeln war bei Großvater. Hat Fragen gestellt.

So?

Hat von wem am Fluss gesprochen.

...

Weißt du, du könntest auch länger bleiben, hier war noch nie wer außer mir.

Sagt Annuschka mit einem leichten Zittern, aber auch mit einem gewissen Stolz in der Stimme.

Deine Großmutter braucht Hilfe auf dem Acker.

Und dein Auge?

Was soll damit sein?

Na ja ...

Euer Dorf ist nicht schlechter als jedes andere.

Sagt Wadik, als wäre damit schon alles gesagt. Es ist auch alles damit gesagt. Die Frage, die bleibt, ist nur: Was?

Annuschka könnte nicht sagen, wie lange sie schon

zuguckt, nur dass es lange ist und sie trotzdem nicht weiß, was es diesmal für eine Figur wird. Nur, dass sich das Holz immer weiter verkleinert. Fast könnte man meinen, dass Wadik heute keine konkrete Form hat im Kopf, sich tatsächlich damit begnügen sollte, das Holz nach und nach in bloße Späne zu verwandeln. Behutsam und konzentriert.

Es wäre das erste Mal, dass Annuschka leer ausginge.

Wadik mag – dank der Schule des Großvaters – ein Meister der Stille und des Ungefähren geworden sein, inzwischen sogar die Kunst, unergründliche «Mhms» hervorzustoßen, beherrschen. Annuschka aber lässt sich von dieser Sorte Schweigsamkeit nicht beirren. Sie weiß ja, wie wenig mitunter dahintersteckt, wie viel Hilflosigkeit (falls man vom Großvater auf den Lehrling schließen darf).

Und dann wird Wadik doch noch konkret, spricht reichlich unenigmatische Sätze, voller überraschender Hellsicht. Blickt von seinem Handwerk auf und fragt: Warum Annuschka? Warum nicht Anna?

Es stimmt ja. Wenn sie erwachsen sein will, braucht sie einen Erwachsenennamen, nicht dieses unerträglich kindliche «uschka».

Annuschka ist nicht taub gegenüber vernünftigen Worten und wird kurzerhand Anna. Und Anna fasst sich ans Herz, fragt endlich, was Annuschka die ganze Zeit über fragen wollte:

Stimmt es, was sich die Leute erzählen? Kannst du wirklich lesen?

XX

Und? Kannst du?

Es würde einem schon sehr imponieren, einem das Gefühl großer und allergrößter Wichtigkeit vermitteln, wenn man einen Mann kennen sollte, der Bücher liest, der womöglich ganze Bibliotheken studiert hat, der über die Schriften lebender und verstorbener Größen gebeugt saß, sinnierend, versunken in die Abgründe der schriftlichen Welt, ab und zu leise hustend vom Staub zwischen den Seiten.

Also?

Ich bin kein Gelehrter.

Anna weiß nicht, was ein Gelehrter ist. Danach ließe sich bei Gelegenheit fragen. Jetzt aber will sie wissen: Kannst du lesen?

Anna erweist sich als deutlich hartnäckiger als Annuschka. Sie wirkt auch irgendwie größer, als wäre sie auf einmal gewachsen.

Also, kannst du?

Mit dem Lesen scheint es eine knifflige Angelegenheit zu sein, vertrackter, als man gemeinhin annehmen möchte, jedenfalls antwortet Wadik nicht schlicht mit Ja oder Nein. Zieht eine sich windende Antwort vor. Dass er mit den Gedanken bedeutsamer Werke vertraut sei, dicker Wälzer, in denen sich kleine Buchstaben so eng aneinanderdrängen, dass sie sich beinahe auf die Füße treten.

Anna versteht nicht, was das für Füße sein sollen. Verschiebt auch diese Frage auf später. Fragt jetzt erstmal:

Kannst du es mir beibringen? Das Lesen, meine ich. Kannst du?

Das nun gerade nicht.

Aha.

So viel ernüchterte Enttäuschung wie jetzt hat noch nie in einem kurzen «Aha» gelegen.

Das wird Wadik gespürt haben. Er schiebt rasch hinterher: Aber ich könnte dir davon erzählen. Von dem, was in den Büchern steht. In den dicken und in den dünnen. Was hältst du davon?

Hast du sie alle gelesen? Alle, alle?

Besser.

Besser?

Ihre Weisheit ist hier hineingeflossen, die Weisheit derjenigen, die zu lesen sich lohnt, die Verirrungen der falschen Bücher haben ihren Weg nicht hineinfinden dürfen.

Sagt Wadik und holt ein Blatt aus der Hosentasche hervor. Faltet es für Anna auf. Streicht es glatt. Wartet ein bisschen, vielleicht auf irgendeine Wirkung, die ausbleibt. In der linken unteren Ecke hat das Papier einen Riss.

Ähm. Anna braucht Hilfe, um mit der kondensierten Weisheit zurechtzukommen, mit der man sie da konfrontiert. Mit der Tatsache, dass es richtige und falsche Bücher zu geben scheint, die alle in diesem Blatt enthalten sein sollen. Allerdings, bei genauerem Überlegen: Was ist schon dabei? Schließlich gibt es ja überall Richtig und Falsch, auch in ihrem Dorf. Es gibt die Iljianisten und die Pjotrianer, es gibt die Regeln der Großeltern und die Regeln der Obrigkeit, die man nicht kennt, die aber keinen Ungehorsam duldet. Allein die Tatsache, dass dieses Blatt in Wadiks

Hosentasche wer weiß wie lange gereist ist, wichtig genug war, allen Widrigkeiten zum Trotz behalten zu werden, hat Achtung verdient.

Das Blatt ist von beiden Seiten bedruckt. Wenn man es berührt, färben sich die Fingerkuppen schwarz.

Kannst du es mir vorlesen?

Das nun eben gerade nicht. Aber er kann es ihr vortragen.

Also nicht vorlesen?

Nein. Aber wiedergeben.

Dann gib es wieder.

Aber so einfach geht es nicht. Erst muss Wadik sich sammeln und konzentrieren, vorher noch ein wenig trainieren, er ist gerade aus der Übung.

Morgen dann?

Gut.

Bringst du mir dann auch das Wiedergeben bei? Ich will es lernen.

Vielleicht hörst du erst zu.

Ja, doch, schon, aber. Da sind so viele Fragen, die am liebsten sofort gestellt werden wollen. Wovon handelt das Blatt? Ist unser Dorf darin beschrieben? Der Fluss und der Wald? Wird auch das Röhrchen erwähnt?

Das nicht. Aber es geht um Träume für die Zukunft.

Auch um Ideen?

Fragt Anna, die an das Gespräch zwischen dem Großvater und dem mit den sauberen Nägeln denkt.

So kann man es auch nennen, sagt Wadik gewichtig. Ideen sind eine ganz besondere Sorte von Träumen. Ideen sind die Träume großer Männer. Aber das hörst du dann morgen.

Können auch Frauen Ideen haben?

Was für eine merkwürdige Frage.

Deine Großmutter wartet, sagt Wadik nach einer Pause, steht auf. Klopft sich halbherzig die Hose ab. Ist schon spät.

Heute hat er tatsächlich nur Späne produziert, ins Holz geschnitten, ohne etwas zu schnitzen, den Händen Bewegung gegeben, motorische Begleitung des Sprechens.

Nichts als Späne, denkt Anna, ein wenig enttäuscht. Da hält ihr Wadik überraschend das Blatt hin.

Willst du? Kannst du es verwahren?

XXI

Sie hatte also recht! Recht mit ihren Mutmaßungen und recht mit ihrer Skepsis, denkt Marfa Iwanowna, schlägt sicherheitshalber und aus Gewohnheit ein Kreuz. Von wegen Krieg (ein zweites Kreuz). Hätte sie nur vorher, hätte sie bloß, wäre sie doch (und ein drittes Mal). Ihr macht keiner etwas vor.

Marfa Iwanowna ist immer in Bewegung, wo andere gemächlich sind, muss sie es aus Prinzip schon eilig haben. Sie ist rasant im Sprechen und Denken, flink im Urteilen und Kreuzschlagen, rasch im Vorausahnen und ebenso im Rechthaben. Alles im Nullkommanichts, immer die Erste, immer die Schnellste, überall, auch im Nicht- und Missverstehen.

Ideen also. Worauf man nicht alles kommt. Das ganze Dorf spricht darüber. Selbst Warwara muss etwas aufgeschnappt haben, so merkwürdig, wie die neuerdings ist, merkwürdig selbst für eine Verrückte, das will schon was heißen. Stammelt etwas von Träumern und Träumen und Zeiten. Bildet sich womöglich noch ein, die Idee einer Idee haben zu wollen. Na so was.

Auch Marfa Iwanowna sagt zu Warwara, der Verrückten: Warwara, du Verrückte. Aber sie sagt viele der anderen Wörter nicht, die das Dorf für ihre Schwester parat hat. Es ist keine rühmliche Verwandtschaft, aber es ist eine – nicht zu bestreiten. Da kümmert man sich umeinander.

Als Kind ist Warwara vom Baum gefallen und direkt auf den Kopf. Da haben sich alle gleich Sorgen gemacht, dachten, das war's jetzt, die kommt nach der Großmutter, die hat den Fluch dieser Familienseite gepachtet. Aber nein, Warwara springt auf, kein Kratzer, kein gar nichts, nicht einmal Angst vor Bäumen hat sie abbekommen. Da waren alle so erleichtert, dachten, das ist der Beweis, mit der ist alles in Ordnung, die wird schon nicht verkehrt werden im Kopf.

Genau so hat der Vater die Geschichte erzählt, an Warwaras Hochzeit, fand die Anekdote urkomisch, hat dem jungen Paar zugeprostet. Man konnte ja nicht in die Zukunft sehen. Der Vater hat die Anekdote auf den Hochzeiten aller seiner Kinder erzählt; wenn er einmal eine effektvolle Geschichte hatte, dann hielt er daran fest. Er hätte die Anekdote auch auf den Hochzeiten der Enkelkinder erzählt, wenn er lange genug gelebt hätte. Nur die Mutter konnte oder wollte nie über die Geschichten des Vaters lachen. Überhaupt hat man die Mutter nie lachen gesehen. Sie hatte wohl nicht viel Anlass dazu.

Merkwürdig, wie wenig Marfa Iwanowna über die Eltern weiß, jetzt, wo sie darüber nachdenkt. Die Eltern sind früh gestorben, erst die Mutter, dann der Vater; nur die Frau, die der Vater in der Zwischenzeit geheiratet hatte, hat es bis ins hohe Alter geschafft, ist so alt geworden, wie Marfa Iwanowna heute ist, vielleicht älter. Die Eltern haben wenig gesprochen, sich wenig zu erzählen gehabt, zumindest im Beisein der Kinder. Hat der Vater die Mutter geschlagen?

Es würde einen wundern, wenn nicht.

Ideen hat es früher nicht gegeben. Nicht einmal die Großmutter mit den kullernden Augen wäre auf den Gedanken gekommen, Ideen zu haben, allerhöchstens mal ein paar Hirngespinste, ein paar Visionen, mit denen man die

Kinder erschrecken konnte, vorgetragen mit einer krächzenden Stimme, weiter nichts.

Ilja hat seinen Iljianismus, Pjotr hat oder hatte seinen Pjotrianismus, müsste das nicht genug sein?

Marfa Iwanowna fühlt sich zu alt für Ideen, für Träumer und Träume, nein danke, sie kam ihr Leben gut ohne zurecht. Sie hat nicht prinzipiell Vorbehalte gegen Träume, nur gegen solche, die einen Krieg in einen anderen Krieg umstülpen sollen, wie man jetzt flüstert. Krieg ist scheinbar nicht gleich Krieg. Aber was weiß sie schon von Ideen.

Sie hat keine Lust, in dieser Angelegenheit wissend zu tun. Das überlässt sie lieber den Verrückten und den Jungen. Sie hat natürlich bemerkt, dass Warwara die Nähe von diesem Wadik sucht. Anna auch. Nur: Muss man sich nicht seinen Teil denken, wenn Wadik sich nun nicht nur in Röhrchenfragen, sondern plötzlich auch in Ideendingen als kundig geriert? Er ist ein hübscher Junge, aber wie blöd können manche eigentlich sein.

Marfa Iwanowna kennt sich nicht aus mit Ideen, dafür aber mit Herzen, hat für Letztere einen fachkundigen, einen lang geschulten Blick, um es geradeheraus zu sagen: einen professionellen. Bevor die jungen Leute alle an irgendwelche Fronten davonzogen, war sie schließlich die *swacha* im Dorf. Wurde von wohlmeinenden und ungeduldigen Eltern zu Rate gezogen, die ihre Kinder mit anderen Kindern vermählen wollten, um sie endlich aus dem Haus und vom Hals zu haben.

Wadik hat keine Eltern. Jedenfalls keine im Dorf, was auf das Gleiche hinausläuft, nämlich dass Marfa Iwanownas Brauen sich furchen. Als es noch Eltern gab, die an sie heranzutreten pflegten, die sich erkenntlich zeigten, mal mehr, mal weniger, vorzugsweise eher mehr als weniger, hatte ihre Familie deutlich besser zu essen. Ach, die alten und die neuen Zeiten.

Marfa Iwanowna ist egoistisch, was die Zeiten anbelangt, sie schätzt es nicht, wenn die Welt sich aus den Angeln hebt und dabei ihren Erwerbszweig erschüttert.

Marfa Iwanowna aber wäre nicht Marfa Iwanowna, wenn sie nur ein einziges Standbein hätte. Sie hat da noch ein zweites und ein drittes, findig aus dem Ärmel geschüttelt. Da wäre einmal der Acker, natürlich, der als Erstes und vor allem. Aber dann bietet sie auch religiösen Beistand, so von Christ zu Christ. Gegen ein paar Stäubchen Mehl von einem, der die richtigen Worte nicht kennt, betet sie alle angebrachten Gebete herunter und kniet sich die Beine wund und zündet mit den richtigen Griffen Kerzen an, ja warum denn nicht. Sie hat sehr früh die Worte, die Bewegungen gelernt.

Weil man hierzulande aber selten Mehl erübrigen kann und weil schließlich alle wissen, dass Marfa Iwanowna immer wieder Gebete erfinden muss, weil sie unmöglich für alle Lebenslagen alle kennen kann, weil dies so ist, wie es ist, braucht es noch ein weiteres Standbein. Und dieses weitere Standbein ist die Kräuterkunde, die Kenntnis der guten und der schlechten Kräuter. Und ganz besonders und vor allem derjenigen, die nicht schaden, aber auch nicht gerade sehr viel nützen. Damit kennt sie sich am besten aus.

Das mit den Kräutern, die gegen irgendetwas und nichts gewachsen sind, das mit Marfa Iwanownas Standbeinen, ist weder ein großes noch ein kleines, nicht einmal ein klitzekleines Geheimnis, sonst gäbe es ja keine Kundschaft. Überhaupt kennt hier jeder jeden Schritt von jedem im Dorf, das ist nur ganz natürlich. Und ebenso natürlich ist, dass man das Allseitsbekannte nicht zu vernehmlich erwähnt, solange man im Hause Gottes ist, dafür aber umso lauter auf dem Marktplatz.

Man geht hier sehr viel häufiger auf den Markt.

Auf dem Markt war es auch, dass mal einer empfohlen hat, was er irgendwie aufgeschnappt hatte: dass Biberurin, nicht generell, ausschließlich von einem jungen Exemplar, das kurz, kurz davor ist, sein Territorium zu markieren, na, dass das, also, dass das, wirklich, wahre Wunder wirken soll.

Wogegen?

Man soll es nur ausprobieren, einen Löffel am Tag, besser zwei.

Seit alle Biberurin haben wollen, trägt auch das Kräuter-Standbein längst nicht mehr so, wie Marfa Iwanowna es sich wünschte.

Leider!

XXII

Falls sich das wer schon gefragt hat: Anna macht natürlich auch weiterhin in ihrem Kopf eine Dorf-Inventur, eine ganze Wald- und Fluss- und Welt- und Gedanken-Inventur. Denn wenn man einmal als Annuschka mit einer Sache angefangen hat, kann man ruhig weitermachen, selbst wenn man inzwischen zur Anna geworden ist.

Liste der Verschwundenen:

- Warwaras Mann (vom *leschij* geholt)
- Pjotr (bei den Flussgeistern, vermutlich)

Worüber der Großvater nachdenkt:

- Röhrchen
- Worte des Mannes mit den sauberen Nägeln

Worüber es sich außerdem nachzudenken lohnt:

- Späne
- Träume
- Träumer

Worüber man ganz besonders nachdenken sollte:

- Wadik und seine Wiedergabe

Die nämlich lautet so, die Wiedergabe, die Wadik für Anna hält:

Worum es geht, worum es einzig und allein gehen soll, nein, gehen muss, das ist der Mensch, und der Mensch hat Träume, die er träumt, Träume von Größerem und Träume von der Zukunft und vom Menschsein in der Zukunft, und die Zukunft soll bald anbrechen, man muss die Zukunft bald anbrechen machen, wenn die Zukunft nicht von alleine losbricht, schon möglich, dass die Zukunft noch nichts von ihrem Schicksal weiß, von ihrem Anbrechen, das dringend benötigt wird, man hat jetzt nur keine Zeit abzuwarten, bis die Zukunft von alleine begreift, was sie zu tun hat, man kann jetzt darauf keine Rücksicht nehmen, man kann nicht immer Rücksicht nehmen, wo gehobelt wird, da fliegen Späne, wo geschnitzt wird, fliegen auch Späne, die Träume sind ein einziger großer Traum, nur weiß man manchmal nicht von diesem Traum, weil man zu beschäftigt ist mit seinem Hunger, aber wenn der Hunger der Hungrigen ein Maß übersteigt, dann erscheint ihnen in ihren Träumen der Traum ganz von allein, dann ist die Zukunft die einzig logische Konsequenz, man muss dafür allerdings hobeln, sich ins Zeug legen beim Hobeln, es sind immer nur die Satten, die vor Spänen zurückschrecken, aber da muss man umso mehr hobeln, so richtig hobeln, sodass die Späne zu allen Seiten fliegen, damit auch die Satten begreifen, was Sache ist, damit die zukünftige Zukunft endlich erscheint, und die zukünftige Zukunft wird rosig sein, rosenblütenfarben und pastellrosa, aber ganz besonders und vor allem rot, tiefrot wird die Zukunft und der Traum vom Hobeln für die heute Hungrigen, und es ist gar kein Traum –

XXIII

Was keiner ahnt, am allerwenigsten Wadik: dass Anna das Blatt, das er ihr gab, nicht versteckt hat, nicht richtig, es griffbereit hält, um mit den Fingern darüberzustreichen, wann immer ihr danach ist (und ihr ist seltsamerweise ständig danach). Ihr ist, als würde sie durch das Darüberstreichen mit ihren Fingerspitzen etwas ergründen, das Geheimnis der Ideen, das Geheimnis von Wadiks Fremdheit vielleicht.

Dabei will irgendetwas in ihr vielleicht gar nicht alles ergründen, nicht restlos. Da ist eine Zagheit, über die sich Anna selbst wundern muss, mehr Scheu als Taktgefühl, es ist schwer zu benennen. Da ist so ein Gefühl, das ihr gar nicht ähnlich sieht, da ist eine warnende Stimme in ihr, die sich verdächtig nach der Stimme des immerfort Skepsis spuckenden und nun verschwundenen Pjotrs anhört.

Aber da ist eben auch eine Ahnung, dass es sich nur auf diese und keine andere Weise so schön träumen lässt, mit einer solchen luftigen Leichtigkeit sinnieren und theoretisieren und ausmalen lässt. Sie will diese Leichtigkeit nicht verstören, noch nicht, nicht so schnell, vielleicht überhaupt gar niemals und nie.

Anna hat Wadiks Wiedergabe nicht ganz verstanden, das heißt: die einzelnen Wörter schon, aber nicht ihre Kombination. Sie mag den Klang seiner Stimme, sie mag den Hauch des Eingeweihtseins in große, wenn auch etwas opake Ideen, sie mag das fremdartige Gefühl in den Fingerspitzen, wenn sie über das Blatt streicht. Sie besteht nicht darauf, alles zu begreifen, ihr reicht das Kribbeln in den Händen – ein leider etwas flüchtiges Kribbeln, das sich von Fragen und besonders von Nachfragen allzu leicht verschrecken lässt.

Man muss die Ideen, die Wadik vorgetragen hat, die als enggedrängte Buchstaben das Blatt füllen, nicht verstanden haben, um zu verstehen, dass es Geisterwesen sind. Geister allerdings, die nicht den Wald oder den Fluss bewohnen, sondern die eigenen Gedanken. Darin ähneln sie wiederum den anderen Geistern der Gegend, die neben dem Wald oder dem Fluss seit jeher und vor allen Dingen die Gedanken bevölkern, es sich da so richtig heimelig und gemütlich machen, so ganz lauschig und bequem, und dabei so wandelbar und launisch sind wie die Menschen, in denen sie wohnen.

Anna wüsste schon, wovon sie träumen würde, wovon am meisten und am liebsten, auch wenn sie nicht genau sagen kann, was sie aus Wadiks Rede im Ganzen machen soll. Solange sich Wadik nicht in sein altes Dorf zurückträumt, in ein altes Leben, in dem er womöglich für andere geschnitzt und Träume wiedergegeben hat, muss sie nicht so genau wissen, ob sie von den gleichen Geistern sprechen. Anna baut darauf, dass Wadik schon genug Gründe haben wird, in die richtige Richtung zu träumen.

Die neuen Gespenster machen es sich neben den alten bequem und trinken den ersten Tee miteinander. Tauschen Geisterweisheiten aus. Erzählen sich Witze. Treffen sich zwei usw.

•

Manches lässt sich dann doch nicht zurechtträumen, so viel Mühe man sich geben mag. Nein, Pjotr wird nicht wiederkommen. Auch Anna hat sie ja inzwischen gesehen: die Männer am Fluss. Und noch viel wichtiger ist: Auch der Großvater hat sie – Rauschen der Gräser, Rauschen der Strömung – gesehen. Ganz sicher, das war doch er, der Großvater, etwas flussabwärts, der da in dieselbe Richtung geblickt hat wie sie, in Richtung der Männer.

Gesagt aber hat der Großvater später nichts beim Abendessen, nicht einmal, dass er am Fluss war, nur nachdenklich hat er ausgesehen, nachdenklicher als sonst. Hat vor sich hin gemurmelt: Schon wieder. Und, kaum hörbar: Dieses verfluchte Messer, das ist doch wohl nicht schon wieder heruntergefallen.

Wenn schon der Großvater von Messern anfängt, dann ist das ein Grund zur Besorgnis. Anna fragt sich, was der Großvater weiß, was er nicht sagt. Die einzelnen Wirbel ragen spitz aus seinem Rücken, wenn er sich über das Röhrchen beugt und es nach drohenden Unausweichlichkeiten befragt. Er spricht so sanft mit seinem Röhrchen, so liebevoll, als könnte es jeden Augenblick zerbrechen. Aber es ist ja auch aus Glas.

•

Wadik hat seine Ideen inzwischen auch für den Großvater wiedergegeben. Und auf dem Marktplatz, vor den offenen Mündern des Dorfes. Jedes Mal klingen sie ein bisschen anders, jedes Mal kommen neue Wörter hinzu, auf die ein Reim erst gefunden werden muss. Heute zum Beispiel: Klassifizieren, Klassifikation, Klasse, Klassenkampf.

Man hat hier eine gewisse Ehrfurcht vor komplizierten Wörtern, aber man hat auch wirklich Besseres zu tun, als genau, allzu genau, hinzuhören. Die Äcker, die Tiere. Nur Warwara scheint immer Zeit zu haben. Sie hört nicht nur dann zu, wenn es sein muss, nicht nur, wenn es nicht anders geht.

Im Übrigen: Man kann sich nur wundern, wie viele Wörter so ein recht unscheinbarer Zettel enthalten kann. Nicht, dass Wadik das Blatt brauchen würde. Mit jeder Wiedergabe wird er feuriger, allerdings auch irgendwie wirrer. Marfa Iwanowna sagt, er erinnere sie an die Prediger und Propheten, die früher durch die Dörfer zu ziehen pflegten, nur dass er keinen so langen Bart habe wie die.

Großmutters Antwort lautet darauf: Soso. Sie hat noch nie etwas von Propheten gehört, die sich über Röhrchen beugen sollen.

Und beugen tut sich Wadik, jeden Morgen und Mittag und Abend hilft er dem Großvater, assistiert und philosophiert und assistiert philosophierend und philosophiert assistierend. Und immer häufiger sagt er auch: Mhm.

Er lernt schnell.

Die Strömung ist an manchen Stellen nicht ohne, denkt Anna. Die Männer am Fluss, die werden doch nicht, die können doch nicht nur zum Fischen gekommen sein. Fische gibt es schließlich überall, wo es Wasser gibt, nichts Besonderes und ganz besonders die Reise nicht wert. Waren die Männer wirklich die Letzten, die Pjotr haben ausspucken sehen, hat dann etwa das eine das andere ergeben, haben sie –

Es ist schon Unglaublicheres vorgekommen.

Aber wie war das noch mal genau, was der mit den sauberen Nägeln gemeint hat, also hinter der Wand zum Großvater, fragt sich Anna. Kommen die Männer am Fluss tatsächlich mit Ideen, oder sind sie, im Gegenteil, vor ihnen geflohen? Und sind es wirklich und wahrhaftig dieselben

Ideen, von denen Wadik spricht, oder noch einmal andere? Was hängt womit zusammen, und wie hängt Pjotrs Verschwinden mit den Zusammenhängen zusammen?

Wenn man das nur mal wüsste.

XXIV

Es ist nicht so, als würde Ilja nun Pjotr oder seinen engstirnigen, seinen schleimklumpigen, seinen ganz und gar widerwärtigen Ismen sonderlich nachtrauern. Aber es gibt einem schon zu denken, was das für Männer sein müssen, dass die sich an dem bisschen Ausspucken so gestört haben, das Pjotr halt eigen war.

Selbst er, Ilja, sagt Ilja, habe immer noch genug Geduld für Pjotrs Faseleien aufbringen können, wenn auch nicht unbedingt viel Sympathie. Schließlich könne man nicht erwarten, dass einer, der so röhrchenkundig sei wie er, wirklich Sympathie haben könne für einen, der selbst die simpelsten Röhrchengrundlagen nie habe begreifen wollen. Ob man denn gewusst habe, dass er, Ilja, sich – ja, allen Ernstes – die Zeit genommen habe, obwohl er doch immer so beschäftigt war mit dem Röhrchen, Pjotr alles haarklein und haargenau und haarkleingenau auseinanderzusetzen? Vergeblich, natürlich. Aber da sehe man es.

Inna Nikolajewna ist grundsätzlich praktischer veranlagt als ihr Mann. Fragt: ob denn die Männer vom Fluss, so sie irgendwann ins Dorf kommen sollten, hungrig sein werden. Und: ob die Front (die eine oder die andere) sie wohl bewaffnet habe.

Inna Nikolajewna glaubt nicht, dass die Männer an tiefschürfenden Diskussionen Interesse haben werden. Als ob man sich deswegen auf Reisen begebe.

Ilja sagt: Man könne nie wissen.

Man kann auch nie wissen. Mutmaßen, das aber schon. Und zwar düster.

Wadik, der bis eben schweigend zugehört hat, steht auf, sagt: dass die Dorfschaft der Zukunft auf Röhrchenideen gegründet sein werde. Auf allerhand Besserungen. Er spricht von Arbeit und von der Klasse der Iljianisten. Sein Gesicht glüht so unheimlich dabei, dass Inna Nikolajewna fragt: Hast du Fieber?

Nein. Neinnein.

Inna Nikolajewna hat nicht gewusst, dass die Iljianisten jetzt auch noch eine Klasse sein wollen. Was wohl als Nächstes kommt?

Sie schaut sich zweifelnd, irgendwie hilfesuchend um; an Fieber ist schon so mancher gestorben. Ihr Blick fällt auf die Ikone. Da fällt Wadik ein: Die muss übrigens weg.

Was?

Wieso?

Also?

Ähm.

Die Sprache des Dorfes ist reich an drastischen Bildern. Wenn sich einer was einbildet, dann sagt man hier: *Bei dem ist wohl das Dach gerutscht.* Jedes Kind müsste wissen, dass ein rutschendes, dass ein absackendes, dass ein in welcher Form auch immer einstürzendes Dach Grund zur Sorge ist, nicht nur für das Haus selbst, auch für die Nachbarn. Wieso scheint das außer Inna Nikolajewna plötzlich jeder vergessen zu haben?

Fast jeder. Marfa Iwanowna ist ja auch noch da und warnt vor schlecht befestigten Dächern. Sagt: Wo ein Dach abrutscht, da stürzt doch noch mehr ein. Untermalt diese Weisheit mit einigen vielsagenden Blicken.

Ähm. Die Ikone, sagt Wadik, als würde er sich wundern, dass er da auf Granit beißt. Die Ikone, also, die –

Aber die Ikone hat schon dem Ilja-Großvater gehört. Der Ilja-Vater hat das Brett gebaut, auf dem sie heute steht. Unter Ilja hat dann die Farbe angefangen abzublättern, aber doch bloß ein wenig, und wenn man es sich recht überlegt, macht das die Ikone nur noch edler und schöner, magischer irgendwie.

Ilja, so gern er den Fortschritt propagiert, hält auch sehr viel auf Gewohnheit, und seine Gewohnheit ist es nun einmal (schon immer gewesen), seiner Ikone morgens, mittags, abends zuzunicken. Ilja findet nicht, dass die kleine Heilige Jungfrau Maria, wie sie da auf dem Holzbrett steht, den Röhrchenideen in irgendeiner Art im Wege sein könnte. Und sein Wort gilt doch sonst immer, in allen Belangen. Es muss doch auch jetzt gelten.

Ähm.

Ähm?

Da mischt sich plötzlich Warwara in die Sache: Hat es vielleicht der Zar angeordnet?

Der Zar, ach. Das wäre ein eigenes Thema, seufzt Wadik. Der Zar ist ein Thema für sich. Aber das seufzt er erst später. Später, als er mit Anna allein ist. Jetzt aber scheint er erstmal erleichtert: Auf Anordnung des Zaren. Natürlich. Jaja.

Denn was der Zar anordnet, das muss man keinem erläutern, das muss keiner verstehen, es ist eine Anordnung, das genügt. Was der Zar sagt, wird aus Gewohnheit befolgt. Und auf Gewohnheit legt man hier im Dorf schließlich Wert.

Kurz und gut: Die Ikone verschwindet aus ihrem Winkel, dem angestammten, im Haus und wandert an einen von Annas Orten, den selbst Wadik nicht kennt. Ja, Wadik weiß noch nicht einmal, dass es Anna ist, die auch das Holzbrett mit abnimmt.

Jetzt ist da nichts als eine gähnende Leere – zu der Iljas, zu der Inna Nikolajewnas, zu der auch Wadiks und Annas Blicke trotz allem beständig noch wandern. Morgens, mittags, abends.

So viel zur Macht der Gewohnheit, die eine sehr große Macht ist.

XXV

… soll das ein Scherz sein?

Aber nein, mit so etwas werden doch keine Scherze getrieben. Ganz besonders nicht in diesem Dorf hier, in dem Marfa Iwanowna hastig ihre Kreuze schlägt. Streng blickt. Mit düsteren Meinungen munter hausieren geht. Vor keiner Schwarzmalerei – keiner noch so abwegigen, noch so abstrusen – zurückzuschrecken geneigt ist. Von alters her, das ist Grund genug, wie man weiß.

Sie ist also wirklich weg? Diese – und etwa auch die anderen Ikonen? Ist das die Möglichkeit? Über Nacht?

Selbst in der Kirche?

Selbst beim Gutsbesitzer?

Nicht doch. Nein, dort stehen und hängen sie natürlich noch alle, scharenweise, haufenweise, in ihrer ganzen prunkvollen Pracht, klärt man da diejenigen auf, die es nicht besser wissen.

Der Markt – vielhalsiges, vielstimmiges Wesen – nickt zu jedem Wort mal bekräftigend, mal skeptisch, mit eng zusammengesteckten Köpfen. Murmelt, zetert und lamentiert. Gibt zu bedenken: *Dort* blättert die Farbe kein bisschen ab von den Ikonen. *Dort* sind noch alle Heiligenscheine und Hände und Gesichter so zu erkennen, wie es sich die Maler gewünscht haben.

Aber, fragen da einige. Ähm, setzen andere an. Und wieder andere sagen: Dochdoch, soso.

Man hat für jedes Für gleich ein Wider im Dorf.

Die Kirche, sagt das Dorf, ist ja die Kirche. Der Gutsbesitzer, sagt das Dorf mit unbestechlicher Logik, ist eben der Gutsbesitzer. Die wird der Zar kaum gemeint haben, als er die Ikonen-Order gab.

In der Tat. Inzwischen sagt man hier «Order» dazu. «Die Order.» Oder auch «jene Order». Oder «besagte». Wie die Sprache den Ereignissen folgt. Oder ist es andersherum?

Abwege der Gedanken. Wo war man noch gleich? Ach ja. Man wollte gerade sagen: Die wird der Zar kaum gemeint haben.

Und wenn doch?

Ja, was eigentlich? Was wenn und was dann?

Der Phantasie sind keine Grenzen gesetzt. Das stellt man ziemlich schnell fest. Einige auf dem Markt, einige wollen zum Beispiel ganz sicher wissen, dass der Zar es schlicht nicht ertragen konnte. Was? Na, dass ihm ein Magier und Heiler den Gedanken eingeflüstert habe, irgendwo da draußen in den Dörfern sei eine Ikone, die herrlicher sei als alles, was er in seinen Gemächern berge, da habe der Zar dann –

Mit Verlaub. Das klingt doch verdächtig nach einem Märchen.

Aber nein! Rufen die einen. Wollen nebenbei wissen, dass besagter Heiler einer von ihnen sei, zwar nicht direkt aus ihrem Dorf, aber aus einem anderen. Ein Bauer. Sohn eines Bauern. Habe den Zarewitsch schon mehrmals geheilt.

Aber ja doch! Rufen da andere. Aber nein und ja und nein. Rufen sie. Wollen auch etwas wissen, nämlich, dass jener Heiler selbst sterblich sei, dass er seine Sterblichkeit sogar schon unter Beweis gestellt habe.

Woher man das wieder nehmen will?

Was tut das zur Sache?

Stimmt, sagt man da auf dem Markt. Stimmt, sagt man da auf den Äckern, stimmt, stimmt. Nichts, überhaupt rein gar nichts tut das zur Sache. Im Übrigen geht einen auch dieser Heiler nichts an, Bauer hin oder her.

Wer würde schon seine Hand dafür ins Feuer legen, dass es den wirklich gibt oder gab. Weiß man doch, wie verschlungen die Pfade hier sind, wie viele Abbiegungen allerorts lauern, wie unwegsam die Gegend sich absichtlich gibt, die eine Kunde passieren müsste. Selbst wenn sie – in einer Anwandlung von Aberwitz, Wahnwitz, Irrwitz – all ihren Mut zusammennähme. Weiß man doch: Das Dorf ist abgelegen, die Reise hierher viel zu beschwerlich.

Da holt man die dringend benötigten Nachrichten lieber direkt aus dem eigenen Kopf. Am Ende läuft es auf das Gleiche hinaus. Nämlich? Auf ein Wirrwarr an Meinungen und Gegenmeinungen und Gegenmeinungen zu Gegenmeinungen.

Ach! Immer wenn man mit einer Sache anfängt, schweift man unweigerlich ab und hin zu wieder und immer wieder anderen Dingen. Nichts zu machen. Schweift hin und her und wieder zurück.

Wieso gönnt dieser Heiler den Dörfern nicht ihre Ikonen?

Das weiß man jetzt nicht so genau anzugeben. Manche aber wollen wissen, dass dieser Heiler ein Heiliger sei. Der sich mit dem Tod kaum begnügen werde, ganz sicher noch auferstehe.

Ganz sicher nicht, heißt es da. Ach was, tönt es da, wie viel habt ihr denn heute gesoffen?

Immer fällt wem immer noch etwas Dolleres ein.

Manche, die Wadiks Wiedergabe schon mehrmals gehört haben, wollen jetzt wissen, wie der Zar zu der immer größer werdenden Klasse der Iljianisten, zu den sogenannten Röhrchenidealisten, denn stehe. Die nämlich sind eine Klasse für sich.

Stellt sich die Frage: ob der Zar, der doch alles anordnet, auch die Träume und die Wiedergaben angeordnet habe, von denen Wadik sagt, dass es sie jetzt überall gebe. Überall, das heißt: selbst in der Kreisstadt.

Vielleicht aber ist die Frage nicht ganz richtig gestellt. Wadik nämlich sagt nur, was auch schon der mit den sauberen Nägeln gesagt haben soll: dass es einen neuen Kampf gebe, einen von wegen Ideen.

Es sieht Wadik ganz ähnlich, Dinge wiederzugeben, die er wo aufgeschnappt hat. Aber eine wirkliche Antwort ist das doch nicht.

Andererseits und wiederum und demgegenüber und bei genauer Betrachtung hängt natürlich alles mit allem zusammen, die Wiedergaben mit den Ideen und die Ideen mit dem Zaren und der Zar mit den Ikonen und die Ikonen wiederum und auch und ebenso und überhaupt.

Da kann einem leicht schwindelig werden vor so vielen kosmischen Zusammenhängen. Da hat man abertausende und abersinnige Fragen. Zum Beispiel:

Wie viele Ikonen der Zar wohl haben mag?

Gibt es in jedem Dorf die gleichen Ideen?

Und ganz besonders Witzige rufen sogar: Gibt es bald Ikonen, auf denen Ideen abgebildet sein werden? Mit golden strahlenden Heiligenscheinen?

Nur: Wie malt man Ideen? Mit welcher Sorte von Farbe und Pinsel?

XXVI

Ist Pjotr vielleicht doch von alleine ins Wasser gefallen? Vor Schrecken, nachdem ihm die Wellen und der Wind zugeflüstert, mit großer Bestimmtheit versichert haben, dass jetzt die Stunde des Röhrchenwissens schlage. Dass er zu alt sei, um sich noch gegen schlagende Stunden zu stellen. Ja, ist er am Ende gesprungen?

Zu alt? Ist Ilja nicht ebenfalls alt?

Ach.

Aber Wadik ist jung.

Und die anderen Jungen? Wo sind sie? Kehren sie heim? Ist der Krieg nicht angeblich vorbei?

Nun. Sind aufgehalten worden.

Von wiedergegebenen Wiedergaben?

Und Wiedergebern, was sonst.

Nun ja. Sagt man da. Die einen sagen so, die anderen so. Und dann wieder so und wieder alles von vorne.

Wer so alt ist, dass er schon meint, sich erinnern zu können, der weiß: Dieses Dorf ist vom Urururgroßvater Iljas – oder war es doch eher vom Urgroßvater des Ururgroßvaters? – gegründet worden, einem bärtigen Zwerg mit breiten Handflächen, der kurz nach dem Zusammenzimmern der ersten Bretter seines Hauses vom Blitz getroffen wurde und starb. Er war der Erste, der den Namen Ilja trug.

Über den Ururur-Ilja ist wenig bekannt. Gesichert

scheint wohl der Umstand, dass er nahezu zahnlos war. Fragwürdiger schon die Berichte über diverse Wunderheilungen, die er bewerkstelligt haben soll – und das im Übrigen ganz ohne Röhrchen. Der Ururur-Gutsbesitzer hat den Ururur-Ilja zu einem Spottpreis gekauft oder bei einer Wette erstanden, auch hier sind sich die Erzähler der Nachwelt uneins. Es steht zu vermuten, dass seine Frau kurze Zeit später vom Ururur-Gutsbesitzer gekauft worden sein muss, zusammen mit weiteren, sich nicht selbst gehörenden Seelen, und in dieses neue Dorf und auf die Äcker verschickt worden ist.

Das Dorf, das war damals wie heute eine Durcheinanderwürfelung von Häusern und Schuppen und Ställen. Und auch das hat sich nicht geändert: Der Ururur-Ilja war schon damals kein Mann, sondern eine Legende.

Der Ururur-Ilja, sagt man, soll ein Geburtsmal getragen haben, einen blaugrauen Klecks, kurz unterm Steißbein, der in späteren Jahren verblasste, nie aber verschwand. Auch sein ältester Sohn und dessen ältester Sohn und dessen (usw. usf.) sind mit einem solchen Mal zur Welt gekommen. Man braucht nur das Wort «Blaugrau» zu sagen, und schon weiß jeder sofort, dass es sich um einen ältesten Enkel des Ururur-Iljas handeln muss. Sonst ist hier keiner mit solchen Malen gesegnet.

Auch Ilja, also der jetzige Ilja, der – mangels männlicher Nachkommen – momentan einzige Ilja im Dorf, hat ein solches Blaugrau direkt unterm Steißbein. Kaum geboren, noch vor dem ersten Öffnen der Augen, hat er die Mutter gebissen, mit einem Kiefer, der genauso zahnlos war wie der, den der Ururur gehabt haben soll. Als Kind soll er die Eltern öfter gebissen haben, also, wann immer er nicht seinen Willen bekam; erst später, heißt es, habe er zu der wunderlichen Ruhe und zu den Mhms gefunden, für die er heute berühmt ist.

Man sagt, es sei dieses Blaugrau, das Ilja seine Weisheit verleiht, das ihm sein ganzes Röhrchenwissen eingegeben hat.

Mag sein. Mag auch nicht sein. Besonders Inna Nikolajewna ist skeptisch, was die Röhrchenweisheit ihres Mannes anbelangt. Sie hat ihre eigene Weisheit, die sie aus dem Hauch des Windes, der Strömung des Flusses, der Biegung der Gräser schöpft, wie auch Pjotr sie geschöpft hat aus dem leichten Druck der Luft auf seiner Haut.

Und wem das nicht reicht, dem kann die Nikolajewna anvertrauen, im Flüsterton, wie sie einst eine Erscheinung hatte (und: Nein, es war nicht der *leschij*, der sich ihr zeigte). Sie sei noch ein ganz junges Mädchen gewesen, wird Inna Nikolajewna dann erzählen, sich ein Stück vorbeugen und kaum hörbar raunen, aller Aufmerksamkeit gewiss: Sie habe damals noch kein Mann berührt, sie habe damals ja eben erst Erwachsenenzähne bekommen, ja, so blutjung sei sie gewesen, sei gerade noch im bloßen Hemd über die Äcker gerannt.

Ein besonders hartes Jahr sei das gewesen, kaum etwas auf den Äckern, so gut wie gar nichts im Magen, die Hälfte der Zeit war einem schwarz vor Augen. Nun ja, ein bisschen wie jetzt, aber das würde auf erzählerische Abwege führen. Also, in jenem Jahr, da hat Inna Nikolajewna sie erblickt.

Wen?

Na, die Heilige Jungfrau, die Heilige Jungfrau höchstselbst.

Hat sie etwas gesagt?

Aber das war doch gar nicht nötig. Geschwebt ist sie, in gleißendes Licht getaucht, und trug ein schimmerndes

Kleid. – Oh, wie wurde sie um diese Erscheinung beneidet! Alle hätten sie Zeugen eines solchen gleißenden Lichts werden wollen, nur ein einziges Mal. Manche – allen voran Marfa Iwanowna – wollten plötzlich auch Dinge gesehen haben, Lichter und Farben und Heiligenscheine. Aber weiß man doch, was man auf solches Geschwätz zu geben hat.

Es wirkt wie ein Treppenwitz, dass Inna Nikolajewna ausgerechnet denjenigen geheiratet hat, der im Dorf – und das mit Abstand – den geringsten Sinn für Erscheinungen zeigt. Die alte *swacha*, Marfa Iwanownas Mutter und Vorgängerin in diesem sehr gewichtigen Amt, wird sich etwas dabei gedacht haben. Man weiß nur nicht, was. Für ihre eigene Tochter hat sie einen stämmigen Kerl gewählt, der sich – für alle überraschend schnell – ins Jenseits getrunken hat.

Wege des Schicksals.

In der heutigen Zeit, denkt Inna Nikolajewna, sind die Erscheinungen ja leider rarer geworden, dafür nimmt das Krakeelen irgendwelchen Unsinns zu. Und es ist ausgerechnet ihr Mann, und es ist auch noch ausgerechnet ihr eigenes Messer, das sich in den Sinn setzen musste, für einen Röhrchengehilfen herunterzufallen, die einen Beitrag leisten dazu. Einfach zum Haareraufen ist das.

Die Erscheinungen der jüngeren Zeit, dieser Zeit des Röhrchens und der unverständlichen Wiedergaben, sind ganz anderer Natur als die Erscheinungen früher. Anders heißt natürlich: unheimlicher, beunruhigender. Anders heißt auch: fragwürdiger, befremdlicher.

Wenn man das nur mit Pjotr besprechen könnte, aber der, ach. Über das eigene Schicksal jammern, weiß Inna Nikolajewna, hat noch nie irgendetwas geändert, hat in der ganzen Geschichte dieses Dorfes – einer Geschichte, die den Windungen des Flusses gleicht – nicht ein einziges Mal auch nur irgendeinem geholfen. Das heißt nicht, dass man damit aufhören müsste.

Der Markt ist Inna Nikolajewnas liebster Ort, weil es sich dort so schön klagen und jaulen und zetern lässt. Ach. Achach. Der Markt ist ein besseres Publikum als das eigene Haus, das ja allerhöchstens mal ein Mhm von sich gibt.

Ansonsten hat das Haus für einen noch übrig:

Ein Krächzen in den Dachbalken.

Ein Pfeifen des Windes an den meisten Tagen.

Und wenn man genau hinhört: das Rascheln der Ratten. Ja, das gibt es natürlich auch.

Was für Viecher. Verdammt schlau. Wissen es besser, als einem in die Falle zu gehen. Nichts zu machen. Das hat schon der Ururur-Ilja gewusst. Und selbstverständlich weiß Inna Nikolajewna auch: Die Ururur-Ratte kam zusammen mit dem Ururur-Ilja ins Dorf.

Ratten sind ein beliebtes Thema.

Weitere heißgeliebte, heißdiskutierte Themen auf dem Markt: der Gutsbesitzer. Der mit den sauberen Nägeln. Die Ehemänner. Die Kinder. Die Nachbarn. Die Aussaat. Zu wenig Regen für die Äcker. Zu viel Regen für die Äcker. Soviel man sich beschwert – An- und Abschwellen der Stimmen –, es ändert doch nichts. Aber das erwartet auch keiner.

Neuerdings hat man außerdem zu besprechen: Wadik. Pjotr. Die Ideen und die Ikonen. Die Männer am Fluss.

Und seit heute, brühwarm und brandneu: Anna. Wie das Kind sich plötzlich nennt. Marfa Iwanowna war es, die es als Erste aufgebracht hat, die heute als Erste ausgesprochen hat, was manche gestern nur ahnten: Das Kind ist –

Jaaa?

Also?

Na was?

Kein Kind mehr.

Da ist es endlich heraus: Das Kind ist kein Kind mehr. Was für eine Einsicht.

Nun. Die führt natürlich zu allerhand Überlegungen. Die da wären: Was dann? Wo schleicht sich das Nicht-Kind immer herum? Und: Was hat es ständig mit Wadik zu bereden?

Das alles interessiert den Markt viel brennender als irgendwelche fernen Gestalten am Fluss, als irgendwelche ebenso fernen Ideen. Anna ist hier, jetzt, ist eine von ihnen. Und sie erinnert die Frauen leise an frühere Ichs.

Sie erinnert Marfa Iwanowna an ausgelassene Tänze am Fluss. An Mückenstiche und an das Glücksgefühl schmerzender Füße.

Sie erinnert Warwara an das Grübchen im Kinn ihres Mannes. An den Geruch seines Schweißes am Tag ihrer Hochzeit. An das Kind, das tot auf die Welt kam.

Sie erinnert die anderen Schwestern an den Geruch vom ersten *samogon.* An das Brennen in der Kehle. An den Vater, der ihnen einen Schlag verpasste, um den Selbstgebrannten dann selber herunterzukippen.

Sie erinnert Inna Nikolajewna an Gänge ins Heu mit – ja, es wissen doch alle mit wem, da kann man ruhig den Namen nennen: Pjotr. Da! Jetzt ist es gesagt. Na also. Ist doch kein großes Geheimnis.

Sie erinnert Pjotrs Witwe an das gescheckte Huhn, das die Schwiegereltern zum ersten Hochzeitstag schenkten. An den ersten schleimigen Klumpen zu ihren Füßen. Das alles ist gar nicht mal so lange her.

Nein, das alles ist kein Schnee von gestern. Es ist deshalb nur gut, dass Ilja nie auf den Markt geht, dass er die

Gänge und Erledigungen und Gespräche alle seiner Frau überlässt. Was auf dem Markt besprochen wird, wagt man nicht in seinem Beisein zu wiederholen.

Auch Anna geht nicht auf den Markt, jedenfalls nicht oft. Im Unterschied zum Großvater weiß sie aber mehr als genau, was wer wann gesagt oder gemeint oder auch nur gemurmelt hat. Vielleicht sogar, was wer wann gedacht hat, was wer wann denken wird. Anders als der Großvater kennt sie sich nicht nur aus mit gläsernen Röhrchen. Mit Menschen auch. Es hilft natürlich, dass sie an Türen horcht.

Nein, wo denkt man hin, Anna macht es gar nichts aus, was die Leute reden. Aber zu denken gibt es schon, das dann doch. Insbesondere eine Bemerkung von Marfa Iwanowna, der Alten, der *swacha*, der Kundigen auf jedem noch so vertrackten menschlichen Gebiet, will ihr nicht aus dem Kopf. Mit ihrer unerschütterlichen Weitsicht hat Marfa Iwanowna orakelt – es hat beinahe wie eine Drohung geklungen: *Wenn die Kinder heiraten sollten, dann werden entweder beide im Dorf bleiben oder beide davonziehen müssen.*

Wie vorschnell die Leute doch sind. Und doch – Anna weiß, was von beidem ihr lieber wäre. Die Frage ist nur: Weiß Wadik das auch?

Der Ururur-Ilja, sagt man, wollte nicht heiraten, jedenfalls nicht die, die er dann geheiratet hat. Man sagt, der Ururur-Ilja hat gesoffen wie ein Loch. Und als er wieder nüchtern wurde, war es nicht mehr zu ändern.

XXVII

Inna Nikolajewna ist heute kein Messer heruntergefallen. Und dennoch sind sie hier. Die Männer vom Fluss.

Es gibt sie also wirklich. Muss Inna Nikolajewna erst drei oder vier Mal vor sich hin murmeln, ein wenig fassungslos, ein wenig bestürzt, dass es sie doch nicht nur in Gerüchten gibt von der anderen Seite des Flusses. Dass das möglich ist, dass leicht verschwommene Punkte, eben noch mit der Horizontlinie verschmolzen, plötzlich und allen Ernstes als Fleisch und Blut vor einem stehen und dabei einen Kopf größer sind als man selbst. Dass sie noch vor dem Morgengrauen in der eigenen Küche sitzen und ihnen die Mägen so laut knurren, dass man sich die Ohren zuhalten möchte.

Aber was hat sie denn erwartet?

Ilja sagt, dazu habe er das Röhrchen nicht befragen müssen, das habe doch jeder wissen können, der es nur wissen wollte, warum denn sie nicht? Im Übrigen sei sie, Inna Nikolajewna, es doch gewesen, die als Erste praktisch gedacht habe, die als Erste prophezeit habe, und zwar gut vernehmlich: Die werden mit leeren Bäuchen, mit gierigen Augen kommen.

Offenbar kann man so bodenständige, so klarsichtige Sorgen äußern und doch nicht verstehen, dass aus einer Möglichkeit eine Realität werden kann. Noch dazu eine mit wettergegerbtem Gesicht und zerrissenen Hosen. Dochdoch, das geht – es ist gar nicht so schwierig zu hoffen, zu glauben, was man glauben will, solange einen nur niemand dabei stört.

Ilja, die Ruhe selbst, äußerlich zumindest, sagt zur Realität: Wie wär's mit einem Schluck?

Da wird gierig aufgelacht. Der *samogon* freut die Realität noch mehr als die Speisen, die Inna Nikolajewna widerwillig herausrückt.

•

Die Realität, muss Ilja mit einigem Bedauern feststellen, fängt längst nicht so schnell zu schnarchen an wie der mit den sauberen Nägeln, der mit der Wampe, der Teufel mit dem festen Tritt. Die Realität kann so einiges vertragen. Wenn sie in dem Tempo weitermacht, sind bald alle Vorräte geleert. Und dann?

Was man gleich am ersten Tag über die Realität lernt, lernen muss: Sie verträgt keine Widerworte, keine Fragen, nicht einmal die leisesten Nachfragen. Inna Nikolajewna spricht den Namen trotzdem aus: Pjotr.

Was? Der Alte?

Da lacht die Realität wieder. Schallend und laut. Das ist schon Antwort genug. Wer will da noch neugierig fragen: warum. Diese Realität braucht keinen Grund. Dafür ist sie ja Realität.

Die eine Realität hat vorstehende Knochen, der anderen fehlt ein Finger, der linke Daumen, genau genommen, und außerdem fehlen ihr ein paar Zähne. Die eine Realität hat einen tiefen Bass, die andere noch kein Wort gesagt, bloß geschmatzt und geschlungen. Gerülpst auch. Die eine Realität hat gesagt: Wir bleiben jetzt hier! Hat mit der Faust donnernd auf den Tisch geschlagen.

Keine der Realitäten hat gefragt, was ihre Gastgeber von ihrem unangekündigten Einzug halten. Was kümmert es sie, was die Leute denken, was wird so ein Dorf schon zu sagen haben. Hier geht es um ganz andere Dinge. Nicht um jemandes Meinung, nicht um Befindlichkeiten eher kleinlicher Art. Hier stehen viel wichtigere Dinge auf dem Spiel, größere, bedeutsamere, wie soll man das jetzt am besten ausdrücken?

Es geht um Erneuerung, um Träume, um ein Umkehren und Neuordnen und Neurichten, um – ja! – auch um Revolution. Um eine neue Welt mit neuen Menschen und mit neuen Tieren und neuen Häusern und neuen Ställen und neuen Feldern sogar, auf denen neues Getreide wachsen wird. Mit einem Wort: um die Zukunft.

Die Zukunft? Moment mal! Da wird man gleich hellhörig. Ist dies dieselbe Zukunft, von der Wadik spricht?

Wer ist Wadik?

Offenbar hat die Realität noch nichts von Wadik gehört, auch nicht vom Iljianismus. Man muss sich schon wundern, was diese Realität überhaupt weiß, wenn sie noch nicht einmal die grundlegendsten, die selbstverständlichsten Dinge zu kennen scheint. Von der Sorte, wie jedes Kind sie längst aufgeschnappt haben muss von den Eltern und Großeltern, und wenn nicht von diesen, dann von den Nachbarn.

Am Ende versteht die Realität auch nichts von Röhrchenologie?

Noch einen Schluck. Aber schnell.

An langen Diskussionen intrikater Diffizilitäten ist diese Realität, wie sich herausstellt, nicht interessiert; sie kennt sich viel besser aus mit Tatsachen. Speziell mit solchen, die geschaffen werden, und ganz speziell: von ihr, nicht von anderen. Und das vorzugsweise hier, jetzt, sofort, auf der Stelle.

Da lässt die Realität wirklich keine Missverständnisse aufkommen. Verkündet, dass die Zukunft, die bekanntlich später noch kommen soll, fürs Erste dringend auf die Brennerei-Künste, die Äcker, die Ställe des Dorfes angewiesen ist. Also, bitte! Her mit allem. Jeder hat seinen Teil beizutragen.

Selbst wenn er selbst verhungert dabei?

Aber natürlich. Auf solche Nebensächlichkeiten, erklärt die Realität, kann jetzt wirklich keine Rücksicht genommen werden. Sie geht dann mal mit gutem Beispiel voran.

Also: noch einen Schluck.

•

Am besten, am allerbesten kennt sich die Realität mit der Realität ihres Magens aus. Weil sich Inna Nikolajewna aber am besten, am allerbesten auf dem Gebiet ihrer immer kläglicher werdenden Vorräte auskennt und weil ihr ja doch kein Messer heruntergefallen ist, spuckt sie der Realität in Becher und Teller. Genüsslich. Wenn gerade keiner hinsieht dabei – außer Anna, die aber zählt nicht, die spuckt bald selber hinein.

Versteht Inna Nikolajewna denn nicht, dass das alles nur für die Zukunft geschieht, alles nur der großen Träume zuliebe? Doch. Dochdoch. Es ist bloß so, dass in ihr langsam die Frage aufzusteigen beginnt, wer sich hier als gieriger erweisen wird: die brandneue Realität oder der alte Teufel, der mit den sauberen Nägeln.

Abwarten.

Warten.

Auf eine Realität, die einfach nicht zu schnarchen anfangen will, die immer mehr und noch mehr verlangt, die die Wände irgendwie zusammenrücken lässt, dass man schon gar nicht mehr weiß, wohin, so eng ist hier plötzlich alles geworden; diese Realität nun sagt: Erst muss man aufräumen.

Womit?

Na, mit dem Alten.

Mit welchem?

Mit allem natürlich!

Je länger die Realität dasitzt, je gemütlicher sie es sich macht, desto gesprächiger wird sie. Ohne zu verstehen, was daran nicht zu verstehen sein soll: dass man erst einmal sehr gründlich aufräumen muss, bevor man mit seinen Träumen loslegen kann. Also, mit allem Alten.

Mit allem Alten. Ob damit auch Pjotr gemeint ist? Dessen Haut von Falten durchzogen war, die wie die Jahresringe der Bäume sich niemand zu zählen bemüßigte. Der an den Fluss ging, der seit urgeschichtlichen Zeiten durch dasselbe Flussbett rauscht, und den Finger in den Wind hielt, dieses vorsintflutliche Kind.

Inna Nikolajewna stellt die Frage nicht, auch sonst keine. Sie denkt besser nicht daran, dass auch sie alt ist, auch Ilja, auch – ach. Ja, ach. Wäre doch nur die Heilige Jungfrau noch hier, in der einen Hand das Kreuz, die andere wie zum Schutze erhoben, aber man hat sie ja abhängen müssen.

Sie ist alt, die Jungfrau, so alt wie das ganze Menschengeschlecht. Ob die Jungfrau wohl die Gelenke plagen? Ganz so wie sie. Wenn das Wetter einmal wieder boshaft in den Körper kriecht. Ob der Jungfrau in letzter Zeit auch so die Schläfen schmerzen?

Oh, Inna Nikolajewna.

Auch diese Frage stellt sie nicht laut.

XXVIII

... da hat die Nachricht auch schon die Runde gemacht. Im Handumdrehen. Wie der Wind ist sie durchs Gebälk, in jede Stube gezogen und selbst durch kleinste Schlitze gezischt – und hat sich ausgebreitet, es sich ganz selbstverständlich gemütlich gemacht auf Bänken und an Tischen.

Die Kunde von der Realität, die gerade noch ihren Rausch ausschläft, da, mit leicht verrenktem Hals auf Iljas Fußboden, die Neuigkeit von dieser frisch eingetroffenen Realität, die so plötzlich ihre geworden ist, lässt einem leider so einiges schwanen.

Zum Beispiel fragt man sich:

Wer die Realität bloß hierhergesandt hat, wer in Gottes Namen.

Und für wie lange.

Ob sie sich nur an Iljas oder auch an den eigenen Vorräten bedienen wird.

Ob man nicht schleunigst seine Habseligkeiten verstecken müsste.

Seine Töchter und Enkelinnen vielleicht auch.

Und: Was der Gutsbesitzer wohl dazu sagt.

Einige im Dorf sagen viel, wenn der Tag lang ist. Andere sagen mhm, aber denken sich viel. Und wieder andere sagen nichts und denken auch nichts.

Hinzu kommt: Manche ergreifen das Wort, weil sie etwas zu sagen haben, und manch andere dann, wenn sie nichts zu sagen haben. Wie soll man da am Ende zu Schlüssen gelangen.

Einer, wohl ein ganz besonders schlauer Kopf, fragt: ob denn Wadik etwas mit der Sache zu tun hat.

Wadik?

Na, weil der doch genauso von Zukünften faselt. Und mindestens ebenso hungrig ankam.

Im Dorf wird aus Prinzip allem und jedem misstraut. Werden schon aus Gewohnheit die Fäuste geballt. Es ist eine Sache, wenn vorher ein Messer herunterfällt, es ist eine ganz andere Sache, wenn nicht.

Andererseits: Was besagt schon ein Messer?

Sogar Inna Nikolajewna gibt neuerdings zu bedenken: So ein herunterfallendes Messer zeige bloß an, dass wer erscheinen werde. Nicht, ob dieser Jemand auch bleibe, gar auf längere Zeit. Und sie kann sich nun auch ganz bestimmt daran erinnern, dass das Messer – eine leichte Schräge in der Flugbewegung – mit der Spitze voran nach unten gefallen sei, ein untrügliches Zeichen der Warnung, damit kenne sie sich aus. Ein Zeichen der Warnung, sagt sie – und da nickt auch Marfa Iwanowna, nicken namhafte Pjotrianisten –, dass der Röhrchenwahnsinn überhandnehme.

Ilja will sich zu den Vorzeichen seiner Frau nicht äußern. Sagt nur: Mhm. Sagt: Was will man denn machen, wenn einem die Tür eingetreten wird. Und meint: von Männern, die trotz vorstehender Rippen ganz unverkennbar geübt sind im Betreten von Dörfern. Und noch dazu bewaffnet.

Marfa Iwanowna sagt: Wird sich noch zeigen. Sagt natürlich nicht, was.

Jeder, wirklich jeder hier, meint in dieser Angelegenheit etwas meinen zu wollen.

Und Anna?

Betont, dass sie Anna heißt, dass das ab jetzt ihr Name sei, Punkt. Sonst nichts. Dabei ist sie scheinbar die Einzige, die bemerkt, dass die Realität eben aufgewacht ist, dabei ist, mit dröhnendem Kopf die Augen zu öffnen. Und dass Wadik die Zeit, in der alle so beschäftigt waren mit Reden, genutzt hat, um sich klammheimlich vom Acker und aus dem Staub zu machen.

Oder nicht ganz aus dem Staub: Anna kennt sein Versteck. Sie hat es ihm schließlich selber gezeigt.

XXIX

Spricht die Realität denn nicht auch von der Zukunft? Von derselben, Wadik, von der auch du immer sprichst? Fragt Anna und erntet ein Schulterzucken. Nicht einmal das: die bloße Andeutung eines Zuckens.

Wadik ist nicht sonderlich erpicht, die Wege der neuen Realität zu kreuzen. Nicht, dass er das zugeben würde. So schweigsam wie jetzt war er noch nie.

Weißt du, sagt Anna und zieht die Beine an, es war schon mal unterhaltsamer mit dir. Weißt du, sagt Anna, aber Wadik hört nicht einmal hin. Ist in Gedanken versunken, die er mit niemandem teilt.

Du hast keinem sonst von diesem Ort erzählt? Warum?, fragt Wadik. Schnipst eine Mücke von seinem Bein, die sich gerade festsaugen wollte, mit den Augen das Terrain vermessend.

Nun ist es Anna, die mit den Schultern zuckt. Sie macht das nicht, um ihn zu ärgern. Sie weiß es wirklich nicht.

Und außerdem, fällt ihr da ein, bevor sie weiter nachdenken könnte, außerdem muss sie los, am besten jetzt gleich. Bevor irgendwer merkt, dass sie überhaupt weg war, bevor noch wer auf Gedanken kommt. Die Großeltern brauchen sie sicher. Aber (und das sagt sie nicht laut) sie ist auch neugierig auf die Realität, so wie sie neugierig ist auf die Zukunft. Selbst wenn sie nicht genau weiß, was sie von alldem halten soll, was die Leute so reden. Mal glaubt sie alles, mal nichts. Ein Grund mehr, die Beine in die Hand zu nehmen, die Sache genauer zu besehen.

•

Die Realität war nicht immer schon eine Realität, sondern – ja, auch diese Zeiten wird es wohl gegeben haben – Sohn und Bruder, Bauer und Soldat. Im Übrigen hört die Realität auf die Namen Mitja und Kostja.

Mancher guckt beinahe enttäuscht, so gewöhnlich sind diese Namen. Mitja und Kostja, so heißt man doch auch bei ihnen im Dorf!

Es steht zu vermuten, dass Mitja und Kostja aus einem Dorf kommen wie ihrem, in dem es mehr Flöhe als Menschen gibt. Sie kratzen sich ganz so wie sie hier im Ort.

Es steht außerdem zu vermuten, dass Mitja und Kostja einen Vatersnamen tragen, der durch und durch schlicht ist. So einen wie, ja, wie zum Beispiel Iwanowitsch. Womöglich – nein, genug der Gemeinsamkeiten. Man nennt die Realität lieber Realität, das passt viel besser zu ihr als Mitja und Kostja Vielleicht-Iwanowitsch.

Der Realität fällt gar nicht auf, dass Wadik sich heute nicht zeigt – wie denn auch, sie kennt ihn ja nicht. Auch sonst fällt es kaum einem auf, weil alle so beschäftigt sind mit der Realität und noch viel mehr mit ihren Gesprächen über die Realität. Man kann unmöglich auf alles achthaben.

Ilja, der Kurzsichtige, hält sein Gesicht ganz dicht an das kühle Glas des Röhrchens – oder vielleicht ist es auch andersherum und er hält das Glas an sein Gesicht, das lässt sich schwer sagen – und drückt mit der Nase einen fettigen Fleck darauf. Flüstert ihm das Röhrchen etwas zu, das er mit niemandem teilt? Großes Gewicht auf den Schultern.

Die Realität, die es besser weiß, als sich über das Nichtbesserwissen einfacher Leute zu wundern, macht schnell das Wichtigste klar. Erstens, dass die alten Zeiten vorüber sind, wie auch immer sie gewesen sind. Zweitens, dass ab jetzt die Realität herrscht, sie allein, niemand sonst. Das hat die Realität schon anderen Dörfern erklärt.

Noch irgendwelche Fragen? Besser nicht.

Ein Glück, dass man es hier gewohnt ist, mit Zweifeln behutsam umzugehen. Dass es langen Brauch hat, sich zu fügen, wortkarg und eisern. Man kennt sich aus in der Kunst, seine Fragen nur dann zu stellen, wenn niemand sie hören kann. Das heißt jedoch nicht, dass man mit den Vorräten gerne herausrückt.

In Zeiten wie diesen wird so mancher zum Iljianisten. Kein Wunder, schließlich hat Ilja immer ein passendes Murmeln, ein beruhigend dumpfes Mhm parat.

Ilja sagt, dass er das Quecksilber seit einigen Monden seltsame Bewegungen vollführen sieht. Ilja sagt, dass man seine Fäuste nicht ballen darf, solange das Silber im Röhrchen so steigt. Ilja sagt, seht doch her. Er sagt nur nicht, was die kommenden Monde bringen werden. Er sagt nicht, ob das Quecksilber aufhören kann, so besorgniserregend zu steigen; er sagt auch nicht, was er tun will, falls.

Alle wissen: Inna Nikolajewna hat keine Zeit gehabt, die Kuh noch zu melken, die Hühner im Stall zu verstecken.

Und: Inzwischen hat hier auch der Letzte verstanden, dass es wohl nicht der Flussgeist war, der Pjotr zu sich geholt hat. Man hat endlich begriffen. Selbst die naivsten Pjotrianer rechnen nicht mehr damit, Pjotr wiederzusehen.

Ein Toter mehr, der nicht beerdigt wird.

XXX

Anna, die Nichtmehrkleine, Anna, das überall umherschwirrende Dorfundwaldwesen, Anna, Enkelin des Röhrchenweisen, führt eine Liste der unbeerdigten Toten. Aber nicht nur. Einmal begonnen, nimmt sie die Sache mit der Kopf-Inventur derart genau, dass sie beschließt, sie zu einer umfassenden Traum-Inventur auszuweiten.

Na, dann mal los!

Als Erstes kommen die eigenen Träume. Die aber sind irgendwie so diffus und deutlich zugleich, wie sie ihr da vor Augen schweben. Beinahe – so kommt es ihr vor – kann sie die Hand nach ihnen ausstrecken, aber eben nur: beinahe. Niemals: wirklich. Dabei will sie doch genau das: die Hand ausstrecken und – Kribbeln in den Fingerspitzen – wirklich etwas zu fassen bekommen, etwas Neues, noch Unbekanntes, namenlos Fremdes, ihre Finger um etwas schließen können, vielleicht auch in die Arme irgendwen.

Schwieriger noch als die eigenen sind die Träume der anderen, aber auch sie gehören in eine Inventur, die ihren Namen verdient haben will.

Da wäre zum Beispiel die Großmutter: Wovon sie wohl träumt? Davon, dass die Hühner öfter Eier legen, ganz bestimmt. Aber eben auch von Geisterwesen, die um schleimige Klümpchen kreisen. Die Großmutter wälzt sich so unruhig im Schlaf.

Der Großvater schläft fast gar nicht mehr, sitzt nur noch bei seinem Röhrchen, horcht auf leise Schwingungen und träumt mit offenen Augen.

Und die Iljianisten sitzen um den Großvater herum, und sie alle träumen mit offenen Augen von Quecksilber und Glas, von der präzisen Schönheit einer Vorhersagbarkeit, die sich nicht einstellen will.

Und Marfa Iwanowna?

Träumt unverbesserlich von den alten Zeiten, die nie gut gewesen sind, und bekreuzigt sich hastig, Gebete murmelnd, die sie von anderen gehört, wahrscheinlich aber selbst erfunden hat. Träumt von golden glänzenden Heiligenscheinen und von weniger schmerzenden Knochen, das heißt, sofern sie einmal die Zeit findet zum Träumen. Sie, die immer so geschäftig ist, sich nie, sich niemals nie auch nur für einen Moment zur Ruhe setzt.

Ganz anders Warwara.

Ach, Warwara! Wer ihr in letzter Zeit auch nur ein wenig zugehört hat, der weiß: Ihr Mann wird in der Zukunft zurückkehren, ja, genau in dieser Zukunft, von der neuerdings so viel Aufhebens gemacht wird, und, behauptet Warwara, ein Schloss vom *leschij* ihr mitbringen, doch, ganz bestimmt.

Warum denn gerade ein Schloss, Warwara?

Aber was weiß denn sie. Unergründliche Wege der Hoffnung.

Hat Anna noch jemanden vergessen?

Sie hat alle aufgezählt, deren Träume sie auch nur halbwegs versteht.

XXXI

Dabei mangelt es Anna nicht an Vorstellungskraft. Wenn sie die Augen schließt, kann sie mehr als schemenhaft sehen, was Wadik beschweigt. Sie kann die Front sehen. Und auch die Dörfer, die anderen, die irgendeine Realität gerade durchzieht.

Anna ist nicht als Einzige im Dorf mit Phantasie begabt. Aber was heißt Phantasie. Lew zum Beispiel. Das hat sie doch mit eigenen Augen erlebt, wie der es vorzog, in Luft überzugehen, sich die Unsichtbarkeit stumm in den Kopf setzte. Was hätte er sonst machen sollen.

XXXII

Mhm, sagt Ilja, und selbst die Pjotrianisten horchen auf. Schauen – in Zeiten wie diesen – doch besser ganz genau hin, wie Iljas Brauen sich furchen, die Schultern fallen, sein Rücken immer krummer wird. Eine Linie, die sich längst nicht mehr gerade biegen lässt.

Das Röhrchen, sagt Ilja, während der Fluss gleichmütig an ihnen vorbeifließt, während Pjotr nicht wiederkehrt, während so viele nicht heimkommen, fühlt sich – äh – warm an. Wärmer, als er es aus jahrzehntealter Erfahrung gewohnt ist. Das gibt einem zu denken.

Das Dorf, sagt Ilja, hat schon so manche Gegebenheit überdauert. Zustimmendes Nicken ringsum. Und auch das Röhrchen, sagt Ilja, hat schon so manches gesehen. Sagt er und streicht über seinen Bart.

Wenn einer so lange auf dieser Welt gelebt hat wie Ilja, der Weise, dann fallen noch die allerleisesten Mhms ins Gewicht – besonders, wenn ein Röhrchen im Spiel ist, ihnen Autorität zu verleihen. Zu viele Bewohner des Dorfes leben nicht mehr oder kommen nicht wieder.

Das Röhrchen (leider!) imponiert auch der Realität, die – fragt man Ilja – ein allzu lebhaftes, ein verdächtiges, Interesse daran zeigt. Was ist das denn? Fragt die Realität. Und: Wie funktioniert das?

Und will doch allen Ernstes das Röhrchen einmal berühren.

Die Realität, so scheint es, hat noch nie ein solches Röhrchen gesehen, hat noch nie ein seltsames Glas wie dieses in den Händen gehalten, noch nie ein silbern schimmerndes Element darin auf- und absteigen sehen, wirkt hin- und hergerissen. Was für eine seltsame Magie ist das?

Ilja überlegt kurz, ob er der Realität erklären soll, dass er kein Zauberer ist. Er entscheidet sich dagegen.

Das führt dazu, dass die Realität, die schließlich nicht auf den Kopf gefallen ist, sich kurz an ebendiesem Kopf kratzt. Sich fragt, ob es so klug ist, sich die Bäuche mit dem vollzuschlagen, was sich im Hause des Magiers finden lässt.

Du zuerst!

Nein! Probier du!

Iljas Haus steht nicht auf einem Hühnerbein, sondern fest auf der Erde, und niemand kippt von dem ersten Bissen um. Auch nicht vom zweiten oder dritten. Der Schauer, der der Realität eben noch über den Rücken gefahren ist, wird immer kleiner, winzig, unmerklich klein. Da getraut sich die Realität schließlich alle aufzuklären: dass in der Zukunft, das heißt in der neuen Welt, an der sie, die Realität, demnächst mit allem erforderlichen Eifer bauen wird, dass es da keinen Platz geben kann für den Hokuspokus der Vergangenheit. Das sagt sie sehr entschieden.

Was heißt denn hier bitte Hokuspokus?

Wo man schon bei Proklamationen ist: Das ist jetzt der Moment, in dem man sich laut fragt, warum einzelne haben, was viele nicht haben, das ist jetzt der Moment, in dem feierlich verkündet wird, dass die Milch, die Inna Nikolajewna in den Morgenstunden gemolken hat, ja gar nicht ihr gehöre. Sondern allen. Dass man deshalb diese Milch als Nächstes austrinken werde.

Aber wieso Milch?

Wurde nicht gerade nach *samogon* verlangt?

Aber das war doch nur so ein Beispiel mit der Milch. Man hätte doch genauso gut *samogon* sagen können. Und wo eben schon das Stichwort gefallen ist – ja, ja, Moment, hier.

Die Realität erklärt auch: dass das Röhrchen doch sicher wertvoll sein müsse. Sehr sogar. Dieser Silberstreif, den das Glas umschließt. Da muss man sich fragen, ob so ein kostbarer Schatz, so ein schimmerner Strahl, nicht besser in den Händen aller liegen sollte? (Damit meint die Realität natürlich sich, wen denn sonst.)

Und um die Berechtigung dieser verwickelten Konklusionen zu unterstreichen, haut die Realität mit aller Wucht auf den Tisch. Überhaupt, muss man feststellen, schlägt die Realität bei jeder sich bietenden Gelegenheit auf irgendetwas (auch: jemanden) ein.

Sie unterscheidet sich darin kaum vom alten Teufel, aber von dem fängt man jetzt besser nicht an.

XXXIII

Inna Nikolajewna hat Anna beiseitegenommen, geflüstert: Bleib du mal ein Weilchen im Wald. Und da sitzt sie nun, auf großmütterliche Anordnung, wie ein Kind in seinem Versteck – und wäre doch so viel lieber mittendrin in dem allerhistorischsten Geschehen. Schließlich fällt nicht aller Tage Bedeutendes vor in einem Dorf wie dem ihren, fällt nicht täglich eine Realität über sie her, die ihnen die Zukunft vom Himmel verspricht. Fließende Milch und Honig am Horizont.

Nein, Anna glaubt nicht wirklich, dass eine Realität, die so gar keinen Sinn für iljianistische Studien aufbringen kann, die eine lästige Gefräßigkeit an den Tag legt, die (auch das noch) eine völlig verdrehte Vorstellung von Milch-Besitz zeigt, ihr Vertrauen verdient haben sollte. Aber sie könnte schreien vor Wut über Großmutters Willkür.

Hat sie das eben laut gesagt? Entweder das – oder Wadik kann Gedanken lesen. Der nämlich sagt: Ist doch ganz gemütlich hier. Sagt: Geduld. Sagt: Abwarten.

Aber Anna will nicht warten! Nicht die Hände in den Schoß legen, nicht Löcher in die Luft starren. Warum hat sie überhaupt auf Großmutter gehört? Bloße Angewohnheit.

Eine wie sie, eine wie Anna, wird sich schnell wieder ins Dorf zurückschleichen. Gleich, ja, gleich. Natürlich. Nur damit keine Missverständnisse aufkommen: Sie ist gerne im Wald, schleichendes Tier unter Tieren, Moos unter Moosen, unmerklicher Hauch über dem Tau. Sie ist auch sehr gerne bei Wadik, gewiss. Nur eben nicht dann, wenn es die Großmutter herrisch flüsternd bestimmt. Also los, husch! Was will man unnötig Zeit verlieren.

Aber vorher noch, das heißt vor dem Huschen, gibt es doch ein paar Fragen, die dringend gestellt werden wollen, vorzugsweise einem, der sich mit der Zukunft so auskennt wie Wadik. Ein paar Fragen, die da wären:

Was hat die Realität bloß am Röhrchenismus auszusetzen?

Wie viele Wiedergaben gibt es im Himmel und auf Erden? Und in der Bibliothek des Gutsbesitzers?

Hat Wadik auch eine Großmutter, die über alle und alles gebietet?

Wie kommt es, dass die Realität Stiefel trägt, Wadik aber nicht?

Hat Wadiks Großmutter auch eine Ikone mit goldenem Schein?

Was sind das für Worte, die Wadik im Schlaf spricht?

Hat er früher, vor dem Krieg, Tiere für seine Geschwister geschnitzt?

Ist das Dorf, aus dem Wadik kommt, größer als dieses?

Gab es in jenem Dorf auch einen Pjotr?

Und wie viele Fische gibt es im Fluss?

Wenn einer Antwort auf all das geben kann, denkt Anna, dann Wadik. Wenn einer herumgekommen ist in der Welt, so wie er, dann muss er doch Antworten haben.

Recht hat sie. Wadik hat Antworten – wenn auch nicht unbedingt und nicht unbedingt ganz direkt auf die Fragen, die sie so brennend interessieren.

•

Was Wadik sagt, bevor Anna gleich zurück ins Dorftreiben huscht:

Es war einmal vor sehr, sehr langer und noch längerer Zeit ein Dorf, und es lebten Menschen darin, zum Beispiel Großmütter und auch Großväter und auch andere Menschen. Und in diesem Dorf, da hat die Großmutter manchmal Suppe aus Ratten gekocht, einmal war auch Hund in der Suppe, und wenn man betrunken genug war, dann sang man schöne, traurige Lieder nach uralten Melodien.

In diesem Dorf gab es eine faltige Alte, die aus der Hand lesen konnte, immer waren es Schreckgespinste, die sie aus den feinen Linien der Hände wob, nichts als beschworene Düsternis. Ausnahmen von dieser Regel waren rar, allzu rar gesät; die Alte murmelte ihre Weisheiten mit rauer Stimme so lang vor sich hin, bis man in Tränen ausbrach. Die Kinder hatten Angst vor ihr.

Das Dorf und auch die faltige Alte darin, sie alle gehörten einem fernen Zaren, der in einem fernen Palast wohnte und ferne Köstlichkeiten mit Goldbesteck aß, ein diamantbesetztes Gewand trug über den weißen Knochen und jeden Tag noch ein wenig ferner rückte, als er es den Tag zuvor gewesen war. Der Zar war ihnen noch ferner als die Zaren vor ihm, und die wohnten schon mindestens hinter dreimal neun Ländern im dreimal zehnten Reich, so steht es überall geschrieben.

Und der ferne Zar, von dem hier die Rede ist, der hatte viele Kinder, und eines hatte er am liebsten, doch keines beabsichtigte er einem Dahergelaufenen ohne weiße Knochen zur Ehe zu geben, selbst die goldene Feder des Feuervogels hätte ihn nicht umstimmen können. Schließlich gehörte auch der Feuervogel dem Zaren. Und auch die Fische im Fluss – manche sagten, der Zar habe in sieben

Tagen die Fische erschaffen und den Fluss und das Dorf mit dazu, aber andere sagten anderes und andere wieder anderes, und so genau kann heute niemand mehr sagen, wie das damals eigentlich war mit den Fischen.

Belegt ist aber, dass die faltige Alte eines Tages ihre eigenen Hände aufmerksam prüfte, nachdem sie ein Leben lang die Hände der anderen geprüft hatte, und – selbst ein wenig ungläubig – mit rau zitternder Stimme den Tod des Feuervogels prophezeite, des einzigen und letzten seiner Art.

•

Was Wadik sonst noch sagt, bevor Anna zurück ins Dorftreiben huscht:

Die dabei waren, als die Stimme der faltigen Alten ertönte, tranken, wie man in alten Geschichten zu sagen pflegt, Met und Wein. Über die Lippen ist alles geflossen, in den Bart hinein, aber nichts, nicht ein einziger Tropfen ging in den Mund. Was für eine Verschwendung.

Anna denkt noch lange, denkt mit großem Ernst über das Gehörte nach. Wadik ist ein guter Erzähler, dem man – dem sie – gerne ein Ohr leiht. Sie versteht nicht alles, aber ist das so wichtig? Es ist eine schöne Geschichte.

XXXIV

Jeden Morgen, kurz nach dem ersten Gähnen, geht Warwara zu ihrem Schloss und streicht liebevoll, streicht nachdenklich, streicht mit der schrundigen Kuppe des rechten Zeigefingers behutsam über die raue Rostschicht, die es bedeckt.

Wie es da vorne am Haus hängt! Wenn die Sonne darauf scheint, wirkt der Rost besonders rot und lässt Warwara ganz besonders lange darüber sinnieren.

Warwara könnte stundenlang so bei dem Schloss bleiben, aber was soll man machen – die Schwester ruft und hat Arbeit für sie. Und wenn es nicht gerade die Schwester ist, die da ruft, dann ist es einer, der eben vorbeikommt und sie in ein Gespräch verwickelt. Und wenn es gerade weder das eine noch das andere ist, dann versinkt sie so tief in ihren Träumen, bis sie darüber manchmal doch glatt das Schloss vergisst, das Schloss, von dem sie eigentlich tagträumen wollte und auf das sie so stolz ist.

Aber selbst eine wie Warwara kann nicht immer nur träumen. Seit die Realität in ihr Dorf eingekehrt ist, schielt diese so merkwürdig nach dem Schloss. Glaubt wohl, dass das Schloss was wert sei. Oder dass etwas von Wert sich dahinter verberge. Auf was für Ideen Leute bloß kommen.

Und außerdem und noch dazu: Die Realität glaubt – ja, allen Ernstes glaubt sie das –, dass die schimmernde Substanz, die im Inneren des Gläschens sinkt und steigt, aus Silber gefertigt sein könnte.

Wie blöd kann man eigentlich sein. Weiß doch jeder, dass das Röhrchen nur für einen kundigen Deuter von Wert ist, nur seinem Meister wirklich teuer sein kann. – Das weiß niemand so genau wie Warwara. Ihr gegenüber bleibt das Röhrchen so stumm wie das Schloss.

Marfa Iwanowna sagt: Das sicherste Zeichen dafür, dass das Schloss nicht groß kostbar sein kann, das ist doch: dass es Warwara angeschleppt hat. Warwara, die Verrückte.

Ein schlagendes Argument. Wäre da nicht ein einziger Haken: Die Realität hat noch keine Zeit gehabt, sich ein Bild von dem Brei in Warwaras Kopf zu machen, den das Dorf, ach, nur zu genau kennt. Das heißt, gehört wird sie schon davon haben, also, von Warwaras Brei, nur dass ein bloßes Hörensagen eben nicht reicht, um eine Sache gründlich genug zu begreifen.

Und außerdem, und das ist recht offensichtlich: Die Realität interessiert sich nicht für die Worte anderer Leute. Sie beschäftigt sich viel und sehr viel lieber mit ihren eigenen Ideen und Gedanken.

Das muss auch Warwara erfahren. Die nämlich fragt die Realität interessiert, den Kopf in Richtung Schloss geneigt: Weißt du denn das Wetter vorauszusagen?

Keiner außer Warwara würde je solche Fragen stellen.

Die Mitja-Realität hört denn auch gar nicht erst hin. Kostja Vielleicht-Iwanowitsch aber sagt: Bist du also diejenige, die das Schloss aufgehängt hat?

(Das ist jetzt natürlich keine Antwort auf ihre Frage.)

Was sollen die ganzen Schlösser in diesem Dorf?

(Und auch das beantwortet Warwaras Frage nicht.)

Irgendwie bedrohlich klingt es, wenn Kostja-Vielleicht-

Iwanowitsch sich anschließend erkundigt: Was für Kostbarkeiten sollen die Schlösser denn schützen? Noch bedrohlicher, wenn er fragt: Und vor wem?

Die Mitja-Realität aber sagt: Lass. Die ist doch nicht richtig im Kopf.

Es ist nicht ganz klar, wer von beiden das Sagen hat.

Warwara kann sich noch gut erinnern, wie das war, als Ilja zum ersten Mal sich über das Röhrchen beugte, mit ungewöhnlichem Ernst. Damals sagte er noch nicht mhm, nicht so auffällig häufig.

Damals. Das muss an dem Tag gewesen sein, denkt Warwara, an dem auch der Pjotrianismus geboren wurde, ein regnerischer Tag kurz nach der Ernte. Pjotr hatte laut die Stimme erhoben, und ihr verstorbener Mann, Gott hab ihn selig, tat es ihm nach. Zu jener Zeit war ihr Mann natürlich noch nicht verstorben; das kam erst später, die ganze Sache mit dem Wald und dem *leschij*.

Damals, kann sich Warwara erinnern, wusste niemand so recht, wie man Ilja begegnen sollte, was sagen auf dem Markt, wenn man plötzlich seiner Frau in die Arme lief. Sie für ihren Teil sagte nichts. Das hatten ihr schon die Eltern so beigebracht: einfach nichts sagen. Dann kann man auch nichts Falsches sagen.

Damals, ja, damals, da kamen einem Iljas Handgriffe noch merkwürdig vor, unglaublicher aber die Erläuterungen, die er dazu von sich gab. Ein jüngerer Ilja und der Brustton der Überzeugung. Ein jüngerer Ilja und ein abnormes Gebaren.

Nach damaligen Standards.

Das Röhrchen war zu jener Zeit noch so neu, so seltsam, so ungewohnt. Ja, denkt Warwara, ein bisschen kam einem das Röhrchen anfänglich so unerhört, so unergründlich vor wie diese Ideen, von denen jetzt alle reden, wie diese neue Realität. Wer weiß, vielleicht wird man sich auch daran gewöhnen, wird diese Realität einem zur Selbstverständlichkeit werden, irgendwann oder auch bald. Und vielleicht, ja, vielleicht, wird man sich dann an sie richten, sich hoffnungsvoll nach ihren Worten ausrichten, wenn man sich unschlüssig ist, ob nun mit kalter oder doch mit warmer Luft zu rechnen sei.

Aber, aber, denkt Warwara sich: Wer sagt denn, dass diese Realität überhaupt bleiben wird. Und ihre Frage haben sie ihr ja auch gar nicht beantwortet: wie sie denn mit dem Schloss das Wetter vorhersagen kann.

Denn – und daran besteht doch für Warwara nicht der leiseste Zweifel – mit der Zukunft, von der alle sprechen, ist doch wohl die Zukunft des Wetters gemeint. Auf welche andere Zukunft soll es sonst ankommen. Selbst zu der Zeit, als nicht nur die Äcker, die Seelen ganz und gar dem Gutsbesitzer gehörten, kam es doch darauf und ebendarauf vor allem an.

Ach, denkt Warwara, stolz auf ihre Schlussfolgerungen. Und während Kostja Vielleicht-Iwanowitsch sich von der Mitja-Realität zu anderen Dingen fortziehen lässt, denkt sie noch: So viel Brei, wie alle immer sagen, habe ich doch gar nicht im Kopf.

Und dann sagt sie schnell noch einen Wind und einen Regen voraus, der nicht kommt. Bevor sie in Gedanken weitereilt zu wieder anderen und wieder anderen drängenden Fragen.

XXXV

Fast könnte man meinen, flüstert Inna Nikolajewna in einem unbeobachteten Moment, dass die Realität ein bisschen enttäuscht ist. Weil all die Ikonen schon weg sind.

Verstehst du das?, fragt Ilja, dem selbst schon ein ähnlicher Gedanke gekommen ist.

Gesagt haben sie ja nichts, die zwei Vertreter der Realität. Aber die Art, sagt Inna Nikolajewna, wie sie da neulich in den Winkel geblickt haben, wo früher das Brett hing ... Da war so etwas in dem Blick. Enttäuschung – ja, Verwunderung – auch. Und noch etwas anderes. Als hätte die Leere des Winkels sie um einen Vorwand, um eine irgendwie innig herbeigesehnte Berechtigung gebracht. Sagt Inna Nikolajewna und wundert sich über ihre eigene Weltläufigkeit. Wie sie das so sagen kann, obwohl sie doch in ihrem Leben nie weiter gekommen ist als höchstens bis zur Kreisstadt einmal. Stellt sich heraus: Man muss sein Dorf gar nicht verlassen, um kluge Sätze sprechen zu können, die sogar Ilja nachdenklich stimmen. Einen Ilja, der doch sonst viel zu stolz ist, um sich wegen der Sätze anderer zu beunruhigen.

Mhm.

Ja.

Die Heiligen, sagt Ilja und denkt an das merkwürdige Interesse der Realität an der im Röhrchen verwahrten silbernen Flüssigkeit, sind alle umgeben von golden schimmernden Glorienscheinen. Nicht einmal die Ikonen in der Kreisstadt, sagt Ilja, nicht einmal die sind von großen oder auch nur mittelgroßen Künstlern gemalt. Aber, sagt Ilja, als ob die Realität etwas von Kunst versteht.

Inna Nikolajewna sagt, sie glaubt ebenso wenig, dass die Realität sich für Kunst interessiert. Aber, sagt sie, darum geht es gar nicht.

Nein, sagt Ilja, darum nicht.

Es ist das erste Mal seit langem, dass er ihr zustimmt. Im Übrigen kennen weder er noch Inna Nikolajewna sich mit Künstlern aus oder mit Kunst. Aber auch darum geht es hier nicht.

•

Ikonen, dafür wurde gesorgt, sind im ganzen Dorf nicht zu finden. Und also werden sie auch von der Realität nirgends gefunden, in wie viele Häuser diese auch schaut. Die Realität, wie sie in Person von Mitja und Kostja Vielleicht-Iwanowitsch Türen eintritt und Schränke aufbricht, findet zwar allerhand, darunter auch allerhand Staub und Schmutz, wirkt aber nie wirklich zufrieden. Das mag so Teil ihres Charakters sein, denkt sich Marfa Iwanowna und bekreuzigt sich hastig, denn man weiß ja nie, was noch kommt.

Und dann kommt diese Sache auch schon, von der man nicht wusste, dass sie noch kommt, diese Sache, vor der Marfa Iwanownas Seufzer sie nicht haben bewahren können (doch die haben – wenn man es genau nimmt – noch niemals auch nur irgendwen vor irgendetwas bewahrt).

Also. Nachdem die Realität das Röhrchen gefunden hat von Ilja, dem Weisen, das Schloss von Warwara, der Verrückten, den Fluss aller und auch den Staub der Erde, findet sie zu allem Überfluss auch noch eines von Annas Verstecken, die sonst niemand kennt. Und es ist gottseidank nicht der Ort, wo all die Ikonen liegen (denn den gibt es natürlich auch). Und es ist auch keiner der vielen Orte mit den hölzernen Tieren.

Und es ist auch nicht ... Nein. Nein, nein. Es ist ausgerechnet die Schürze, die eine Tasche hat, und in der Tasche liegt ein gefaltetes Blatt, ein zerknittertes Quadrat, das – wenn man es auffaltet – einige Flecken aufweist. Und natürlich kann die Realität nicht lesen, da macht sie auch niemandem etwas vor, versucht es gar nicht. Es reicht, dass sie einen tief sitzenden Abscheu verspürt gegen Papier und Druckerschwärze, die auf die Finger abfärbt.

Es ist wie ein schlechter Scherz.

Wem gehört die Schürze? Fragt die Realität und meint eigentlich: Wem gehört dieses Blatt? Schaut einen nach dem anderen an: Aber einer nach dem anderen schweigt. Beißt sich höchstens auf die Lippe.

Wem gehört die Schürze? Fragt die Realität, aber es ist eine rhetorische Frage. Weiß doch jeder, der nicht gerade auf den Kopf gefallen ist mit voller Wucht, dass die Schürze erstens einer Frau und zweitens einer Frau in dem Haus gehören muss, in dem sie lag. Und Inna Nikolajewna trägt ihre um die Hüfte gebunden.

Was die Realität überhaupt an fremden Schürzen zu schaffen hat? Gute Frage. Aber sie wird nicht gestellt. Nur die Fragen der Realität werden hier gestellt. Alle anderen: Mund halten.

Wie schnell man sich doch an neue Gegebenheiten gewöhnt.

Anna sagt erst: Nie gesehen.

Ein wenig später sagt sie: Gefunden.

Sagt: Gehört mir nicht.

Soso.

Inna Nikolajewna sagt: Ist doch nur Papier. Aber es ist eben nicht nur Papier. Das ist nicht ganz einfach zu verstehen, aber so ist es nun mal.

Früher oder später rutscht es Anna dann doch heraus: dass dieses Papier, so klein es sich auch falten lässt, nicht weniger enthält als eine große Zukunft.

Hat sie es doch geahnt, sagt die Realität, und es ist nicht ganz klar, ob die Mitja- oder die Kostja-Realität es als Erstes sagt, weil beide plötzlich gleichzeitig reden. Hat sie es doch geahnt, dass es sich hier um gefährliches Gedankengut handelt. Sozusagen um Gedankengift.

Aber, aber.

Die Realität nimmt sich nicht die Zeit, irgendetwas haarklein auseinanderzusetzen, aber so viel wird dann doch allen klar: dass die Zukunft, die in den Mund genommen wird, die Ideen, dass das alles sich in feinen, schwer durchschaubaren Punkten unterscheiden kann, je nachdem, wer was sprechend beschwört. Dass Worte vielleicht nur Wörter sind, weiter nichts. Und: dass es die Realität ist, die fremde Schürzen durchwühlt, die Realität, auf die Pjotr am Fluss unten traf.

XXXVI

... aber da hebt kein Stimmengewirr an, kein Raunen, maximal ein Flüstern auf dem Markt. Vielleicht nicht einmal das. Man versteht sich. Verständigt sich schweigend über das Schweigen, über die neue Umsicht, die an den Tag zu legen ist, an die man sich schon gewöhnt hat, beinahe. Besonders die Kinder. Dabei ist die Realität erst ein paar Tage im Dorf.

Wie schnell man doch dazulernen kann, wenn es denn sein muss. Der Gutsbesitzer, der sitzt entfernt, schickt ab und an den Teufel mit den sauberen Nägeln. Aber die Realität, die bleibt hier im Dorf und hat zu allem Überfluss auch noch zwei gut funktionierende Ohren. Also, eigentlich vier, denn die Mitja-Realität und Kostja Vielleicht-Iwanowitsch haben jeweils ein Paar.

Man fragt deshalb nicht laut, sodass es der ganze Markt hört: Wie kann man sich bloß an einem einzelnen Blatt stören?

Man brüllt nicht quer über den Acker: Wie kann man nur wegen einem Stück Papier gleich zum Kreuzverhör schreiten?

Weil man das alles nicht herausschreit und beschreit, schreit es auch nicht zurück. Ursache und Wirkung, würde Ilja, der Röhrchenweise, sagen, wäre er nicht so beschäftigt mit seinen bedächtigen Mhms. Mit diesen Mhms – das wird einem jetzt schlagartig klar – war Ilja, der große Pionier auf allen Gebieten, seiner Zeit schon immer voraus. Solche Mhms sind das Einzige, was man jetzt vorbringen kann, ohne die Stille ringsum zu stören.

Man ruft nicht aus: Himmelherrgott!

Man kreischt auch nicht zurück: Was weißt du schon?

Man sagt ganz bestimmt nicht laut, nicht deutlich hörbar: Die haben den Pjotr bloß aus Jux –

Man sinniert stattdessen lautlos, mucksmäuschenstill über die Sinnlosigkeit des einen umgebenden Seins. Über die Unerträglichkeit des nicht zu Ertragenden. Und neuerdings spucken einige sogar aus, obwohl es sie körperlich gar nicht danach verlangt. Subtilste Form des Protests. Subtil vor allem deshalb, weil weder die Mitja- noch die Kostja-Realität ahnen können, was es mit der hiesigen Speichelproduktion auf sich hat. Sie halten es für eine lokale Tradition. Man selbst weiß es besser, als die Realität über die Bräuche und Nichtbräuche des Dorfes zu unterrichten.

Wem die eigene Haut und die Haut seiner Familie lieb ist, der sagt nicht: Was passiert jetzt mit Anna, der die Schürze gehört?

Und so tönt es auf dem Markt auch nicht gleich zurück: Aber wie kam das Verhängnis in die Schürze? Mag sein, dass es Annas Schürze ist. Aber das Blatt, das kam doch von Wadik. Das war doch seines?

Mhm.

•

Wer hier schon alles meisterhaft schweigt:

Ilja, der das Mhm erfunden hat. Und seine Frau. Und seine Enkelin. Und seine Nachbarn. Und alle, alle.

Als da wären:

Die alte Marfa Iwanowna.

Und ihre Schwestern – sogar Warwara hat Verstand genug, ausnahmsweise.

Und Pjotr. Denn der schweigt ja fortan für immer.

Außerdem seine Frau. Und deren Schwestern und deren Männer und deren Kinder und Nichten und Neffen und deren. Über irgendeine Ecke ist man hier ja immer verwandt.

Außerdem Irka, die Pockennarbige.

Außerdem Maschka, diese Nervensäge.

Außerdem Ljuba, die so kräftige Arme hat, dass sie zwei Kühe mühelos hochstemmen könnte, mit jedem Arm eine, mindestens, und noch mit dem kleinen Finger, mit der Spitze des kleinen Fingers, mit der alleräußersten Spitze, drei Wölfe.

Das mit den Kühen und den Wölfen ist natürlich nur so dahingesagt; nicht nur so dahingesagt wird dagegen, dass sie auf ihren Mann eindreschen kann. Wenn es denn sein muss. Und es muss eben häufiger sein. Wer liebt, der schlägt, pflegt man hier zu sagen. In jedem Schlag steckt sehr viel Liebe, das hört das ganze Dorf recht genau.

Außerdem Sweta, das Licht. Das mit dem Licht hat ihr wer in den Kopf gesetzt. Hin und wieder leuchtet Swetas Nase rot.

Außerdem Grischa, der Grantige, der Grimmige.

Außerdem Oleg, der manchmal so besoffen ist, dass er seinen eigenen Namen nicht weiß.

Außerdem Ljoschka, der so schief grinst.

Außerdem Nadeschda, die Hoffnung. Ein Name wie ein Hohn.

Außerdem die geliebten und gehassten Nachbarn, die geliebten und gehassten Verwandten, die knöchernen Ahnen sowieso.

Außerdem die Geister des Waldes.

Außerdem die Geister des Flusses.

Und sogar noch die Vögel im Wald. Das ist keine Übertreibung.

XXXVII

Also, wie geht es jetzt weiter? Wie soll es und wie wird es – eine Frage so alt wie die Menschheit, nur die Umstände ändern sich, je nachdem, wie der Wind sich dreht, wie der Hahn ins Morgengrauen hineinkräht. Wie kann es und wie muss es, und wie wird die Differenz zwischen dem einen und dem anderen ausfallen?

Pjotr hätte den Fluss befragt, aber. Stattdessen steht nun Inna Nikolajewna am Ufer, zählt das Plätschern, eins, zwei, tausend. Sie kann eigentlich gar nicht zählen. Nicht, dass das je ein Problem dargestellt hätte. Wenn sie ins Wasser schaut, sieht sie ihr eigenes Gesicht, verzerrt tänzelnd in der Strömung.

Die Realität hat das Blatt verbrannt, aber es war ja nur ein Blatt. Warum das Kind da so schreien musste, als ginge es ihm ans Leben? Völlig den Verstand hat sie verloren, Anna. Von einer wie Warwara, ja, von so einer hätte man es nicht anders erwartet, aber doch nicht von ihr. Inna Nikolajewna hat ihr schließlich den Mund zuhalten müssen, damit die Realität bloß nicht auf dumme Gedanken kommt, hat sie an Armen und Beinen richtig festhalten müssen. Gebärden des Wahnsinns, des Irrsinns und, ja, auch des Leichtsinns, der sich selbst vergessen lässt und auch: wie leicht reizbar diese Realität ist.

Aber dann war es doch gut, das Schreien. Hat gleich das ganze Dorf zusammengetrommelt. Wer nicht mehr ins

Haus passte, stand eben davor. – Und dann das Wunder: Noch nicht einmal mit der Faust ausgeholt hat sie, die Realität.

Das ist ein gutes Zeichen, sagt sich Inna Nikolajewna. Unendlicher Refrain im Kopf: Das ist ein gutes Zeichen, das ist ein gutes, ein gutes, gutes, ja. Dabei ist sie sich nicht einmal mehr sicher, wie sehr sie an Zeichen glauben kann. Sie versucht, nicht an Pjotr zu denken, der einmal zu viel ausgespuckt hat. Oder einfach nur vor die falschen Füße. So muss es gewesen sein oder ungefähr so, was macht es noch für einen Unterschied.

Ein gutes, gutesgutesgutesgutesgutesgutes.

Je öfter sie das sagt, desto weniger haben die Worte etwas zu bedeuten. Als würde mit jedem Mal die Bedeutung ein bisschen mehr aus ihnen schwinden.

Gutesgutesgutesgutesgutesgutes ...

Besser auch nicht an Pjotrs Frau denken. Besser überhaupt nicht denken. Inna Nikolajewna versucht sich schon den ganzen Tag darin, im Nichtdenken, Nichtnachdenken, versucht, sich mit aller Willenskraft davon abzuhalten, aber die Gedanken drehen und drehen sich von all dem Versuchen nur mehr und mehr und immer schneller im Kreis. Kreisende Kreise von Kreisen, verschmolzen zu einem einzigen opaken Wirbel.

Dabei weiß Inna Nikolajewna: Irgendwie geht es weiter. So alt ist sie schon geworden, und immer ging es irgendwie, obwohl es oft gar nicht mehr ging. Darüber ist sie zäh geworden.

Bin ich eben zäh geworden. Sagt sie zum Fluss, sagt sie in den Wind, der sich mit Gräsern und Blättern verlässlich verbündet, um eine Antwort zu rascheln, ein Wispern, das beinahe zu hören ist, wenn man es sich genug wünscht.

Pjotr hat den Wind immer besser verstehen können als sie. Inna Nikolajewna kann vielleicht Besteck fallen lassen, aber Pjotr, der konnte zuhören, ausgedehnte Gespräche führen, von denen er ihr – Mund und Augen weit aufgerissen – in Andeutungen erzählte. Die Geheimnisse des Flusses, des Windes, des Raschelns hat er ihr nie vollends verraten. So wie auch Ilja die Geheimnisse seines Röhrchens nicht teilt, nicht mit Anna, und auch nicht mit Wadik. Den Kern behält er für sich, das weiß sie, nur die Kinder wissen es aus irgendeinem Grunde nicht. Die denken doch wirklich, Ilja würde sie einweihen in die Tiefe der Tiefen.

Nein. Neinnein.

Sie sind lang genug verheiratet. Lang genug, um sehr genau zu wissen: Ilja sagt mhm, weil er nichts anderes zu sagen beabsichtigt. Nicht, weil er nichts anderes zu sagen weiß. Manchmal auch deshalb. Aber meistens und das heißt eigentlich immer, weil er nichts anderes sagen will. Kleiner, aber feiner Unterschied.

Inna Nikolajewna befeuchtet einen Finger mit der Zunge, so wie es Pjotr immer zu tun pflegte. Hält ihn in die Luft. Kein Lüftchen, nichts, bloß Schwüle. Wo die auf einmal herkommt? Nicht einmal das Wetter ist mehr, wie es sein soll.

Immer muss alles etwas zu bedeuten haben. Oberstes Gebot des Zeichenlesens.

Was Ilja wohl sagen würde, wenn er sie jetzt sähe? Wie sie Zwiesprache mit dem Fluss hält.

Und?, würde er fragen. Was hast du so herausbringen können? Er würde sich nicht viel Mühe geben, den Spott zu verhehlen. Und sie? Ein Schulterzucken. Das ihre Ratlosigkeit nicht verbergen könnte, nur die Enttäuschung darüber, dass einmal wieder keine Antwort aus dem Wasser kam.

Sie hat ihm nie erzählt, wie ungesprächig sich der Fluss ihr gegenüber zeigt. Hat sich nicht ergeben. Immer kamen andere Dinge dazwischen. Wie das so ist.

Aber das ist ja gerade das Schlimme: *Wie das so ist.*

Der Fluss hat nie viel zu ihr gesprochen. Und seit Pjotr nicht mehr ist, scheint er gänzlich verstummt. Als hätte der Fluss immer nur Pjotr zuliebe auch ihr ein bisschen Geplätscher gewidmet. Das wirklich Wichtige hat der Fluss immer nur für ihn aufgehoben, ihn allein.

Pjotr. Ob der Fluss ihm, der Neues aus Prinzip verabscheute, gesagt hat, dass bald eine Zeit käme, in der es alle nach Neuem verlangt.

Aber wie sollte er.

Aber wie sollte er nicht.

Wie oft, denkt Inna Nikolajewna, sagt das auch in das Rauschen vor ihren Füßen hinein: wie oft Pjotr doch zum Fluss gegangen ist. Täglich, mehrmals täglich, seit dem Krieg. Stand am Ende fast nur noch dort am Fluss, murmelte vor sich hin, so wie Ilja vor seinem Röhrchen sitzt und murmeltmurmeltmurmelt, unverständliches Zeug, das andere auch noch mitmurmeln.

Sie dagegen hat einfach nur aufgehört, die Toten zu zählen. Gutesgutesgutesgutesgutesgutesgu …

XXXVIII

Warwara sieht ihn als Erste. Hatte außer ihr überhaupt schon jemand Zeit, sich Gedanken zu machen über seinen Verbleib? Bei all den sich überschlagenden Ereignissen.

Wadik! Was machst du denn wieder hier?

Warwara, die Verrückte, macht ihrer Verrücktheit alle Ehre, indem sie sich nicht groß wundert über seinen Leichtsinn, einfach so, mir nichts, dir nichts, wieder vor einem zu stehen. Indem sie Wadik doch glatt fragt: Willst wohl über die Zukunft reden?

Sozusagen.

Sozusagen ja oder sozusagen nein?

Als ob die Realität mit sich reden ließe.

Wadik erklärt nach einem kurzen Blick in Warwaras Gesicht, dass die Zukunft zukünftig sei, die Realität aber jetzig, was nicht das Gleiche sei und erst recht nicht dasselbe. Ganz und gar nicht und überhaupt, auch wenn die jetzige Realität hin und wieder Verlautbarungen bezüglich der zukünftigen Zukunft abgebe.

Was soll das denn nun heißen?

Wadik zuckt mit den Achseln. Als wüsste er selbst nicht, was er da eigentlich sagt. Nicht als wäre es unwichtig, das nicht.

Warwara betrachtet ihre Fußspitzen; der große Zeh ist kleiner als sein Nachbar, aber mindestens genauso schmutzig. Ein Fehler der Natur, aber seit wann macht die Natur Fehler.

Ilja, sagt Warwara zu ihren Fußspitzen, weicht dieser Tage nicht das kleinste bisschen von der Seite seines Röhrchens.

So?

Das sind nicht ihre Zehen, die das sagen, sondern Wadik. Vielleicht sagt er auch nur: So. Das ist nicht ganz einfach zu bestimmen.

Ilja macht sich Sorgen.

Was erzählt ihm das Röhrchen?

Weiß ich nicht. Kennst ihn doch. Er sagt wie immer nichts. Aber –

Ja?

Wie krumm ihre Zehen doch aussehen. Als hätte sich jemand einen Scherz erlaubt, als hätte wer einfach mal testen wollen, ob Füße mit so schiefen Zehen noch einen Menschen aushalten können. Oder ein Mensch solche Füße.

Sie haben, sagt Warwara leise, das Blatt verbrannt.

Was? ... Wie haben sie es gefunden?

•

Ilja, den Rücken gekrümmt, die Augen zusammengekniffen, schaut nicht einmal auf, als Wadik sich danebensetzt. Er scheint ihn schon erwartet zu haben. Und Warwara, die Verrückte. Die ist nämlich auch dabei.

Das Röhrchen, denkt Warwara, wird ihn darauf vorbereitet haben. Wird ihm vorhergesagt haben, dass Wadik nachdenklich an seinen Nägeln kauen würde, und vielleicht auch, dass am linken Daumen kaum noch Nagel sein würde, nur sehr weiße Haut und ein bisschen Schorf. Es wird ihn gewarnt haben, wie still Wadik sein würde, dass Wadik sich fragen würde, warum nur das Messer herunterfallen musste, warum – in aller Welt – es ihn ausgerechnet hierher verschlagen hat.

Mag aber auch sein, dass ihm das Röhrchen all das nicht gesagt hat, dass es nur gesagt hat, wie zittrig Wadiks Knie aussehen würden, wie klein er auf einmal wirken würde, wie geschrumpft, obwohl er doch gar nicht klein ist.

Mag aber auch sein, dass ihm das Röhrchen all das nicht gesagt hat, sich nur mit der Information begnügt hat, dass sich Wadik neben ihn setzen würde und Warwara auch. Welcher Sterbliche kann schon die Weisheit des Röhrchens ergründen.

So oder so. Wadik jedenfalls setzt sich. Sagt:

Darf ich?

Mhm.

Wer steht hier wem bei? Das Röhrchen dir oder andersherum?

Falls er gedacht hat, dass er Ilja damit ein Schmunzeln entlocken könne, wird er enttäuscht. Ilja, der Alte, Ilja, der Weise, ist der Ernst in Person.

Sie haben das Blatt gefunden.

Ich weiß.

Es war in der Schürze.

Ich weiß.

Weißt du auch, wie es dahin kam?

Glücklich sieht er nicht aus, Wadik, aber er wendet den Blick auch nicht ab.

Wenn ich du wäre, würde ich Inna aus dem Weg gehen. Bei der wird dir kein Beistand der Welt nützen. Sagt Ilja und schmunzelt dann doch.

Ich möchte helfen. Sagt Wadik nach einer Pause noch. Sagt, dass es angesichts der eingetroffenen Realitäten nur umso dringlicher sei, die Zukunft anbrechen zu lassen. Sagt – aber da fährt ihm Ilja ins Wort.

Du hast schon genug geholfen.

Aber –

Nichts da.

Spricht er als Röhrchenmeister zum Eleven. Da traut man sich kein weiteres Aber.

•

Vielleicht, denkt Warwara, kommen alle nicht nur wegen des Röhrchens zu Ilja, sondern auch und gerade wegen seiner Stimme, die so tief ist, dass sie eine geheimnisvolle, fast schon magische Wirkung hat. Auf sie jedenfalls übt Iljas Stimme einen Zauber aus, lässt sie alles um sich herum vergessen und manchmal sogar sich selbst. Selbst dann, wenn es nur ein leises, schwer vernehmliches Mhm ist, das gemurmelt wird. Es kommt nicht auf die einzelnen Worte an.

Wadik, der Fremde, der Neue, erfährt heute, was Warwara schon länger wusste, weil sie es schon viele, viele Male von Ilja gehört hat. Noch als Kind zum ersten Mal: *die Sache mit dem Glas.*

Welche Sache?

Es stellt sich heraus, dass das Röhrchen sehr zerbrechlich, aus besonders dünnem Glas gefertigt ist; die Details, in denen sich Ilja nicht ohne Freude verliert, sind mächtig kompliziert. Aber auch ohne diese komplizierten Details wird deutlich genug, dass es dünn ist, wirklich exzeptionell dünn. Nein, kein Produktionsfehler, ganz im Gegenteil: eminentes handwerkliches Können.

Worauf Ilja aber eigentlich hinauswill, das ist dies: dass zwar jedes Glas zerbrechlich ist, aber nicht alle Scherben

Glück bringen. Dass es sogar ein großer, schwerwiegender Fehler sei, zu glauben, dass die Scherben dieses sehr speziellen Glases Glück bringen könnten.

Und dann flüstert er, wie immer, wenn er an dieser Stelle anlangt: dass auf dem Glas ein Fluch liege, der freigelegt werde, wenn – Gott behüte. Die letzten Worte ergänzt Warwara: Gott behüte.

Ein Fluch? Im Ernst jetzt?

Aus Iljas Bart seilt sich eine kleine Spinne ab. Verhängnis langer Bärte. Wie das Tier sich wohl darin verfangen hat?

Ilja würde noch lange mit seinen Ausführungen und Ausschmückungen fortfahren, könnte noch ewig und drei Tage und vielleicht länger, aber Wadik lässt ihn nicht. Lacht. Hört gar nicht mehr auf. Hätte nur noch gefehlt, dass er sich auf die Schenkel klopft dabei.

Was wohl in ihn gefahren ist, wollte der nicht eben noch sein Lehrling, sein Geselle, sein Meisterschüler sein, dieser Lausbub.

So ungefähr denkt sich das Ilja und dann noch ein paar andere Dinge. Er bittet sich aus: Respekt vor dem Alter usw. Dürfte wohl nicht zu viel verlangt sein. Wo man sonst hinkäme.

Nein, das ist keine Frage.

Schon gut, schon gut. Entschuldigung.

Mhmja.

Warwara (und das liegt jetzt keineswegs an ihrer Verrücktheit oder etwa doch?) versteht nicht ganz, wie die Stimmung so schlagartig kippen konnte. Eben noch – und nun. Als hätte sie etwas ganz Wesentliches verpasst, obwohl sie doch die ganze Zeit dabeigesessen hat. Wie ist das nur möglich? Es ist doch eine so schöne Geschichte, die Geschichte vom Glas und dem Fluch. Eine ihrer liebsten sogar.

Aber das ist es ja gerade, Warwara. Es ist bloß eine Geschichte. Sagt Wadik und hört dafür dann doch kurz auf zu lachen.

Wie kannst du das nur sagen? Was soll bitte falsch sein an Geschichten? Und überhaupt: Ist deine Zukunft nicht auch eine Geschichte? Bist du nicht ständig am Erzählen?

Das ist doch ganz etwas anderes.

Wieso?

Manches ist dann doch nicht so einfach zu erklären. Worauf es hinausläuft, ist: dass Wadik ungeduldig wird, nein, ist. Dass er nicht immer nur rumsitzen und rumstehen und rumhocken kann, nicht immer nur reden und zuhören und noch mehr reden. Dass es nun endlich an der Zeit ist, dass er auch deshalb wiedergekommen ist. Dass.

Willst du wirklich die Hände in den Schoß legen?, fragt er Ilja.

Das habe ich nicht gesagt.

Also?

Lass das mal meine Sorge sein, sagt Ilja und sonst nichts. Steht auf, schnipst ein herabgefallenes Blatt von seinem Ärmel und dreht Wadik den Rücken zu. Die Spinne, die sich zuvor so wohlgefühlt hatte in seinem Bart, krabbelt eilig irgendwohin, wohin nur Spinnen krabbeln.

XXXIX

Mit der Fußspitze schubst Anna einen Stein an. Kullerndes Geräusch. Dann noch einen Stein.

Die Großmutter hat nichts gesagt, als die Realität mit dem Papier in der Hand dastand, und auch später hat sie nur einmal kräftig mit der Hand ausgeholt. Keine Fragen gestellt. Schon als Kind kam Anna das Schweigen der Großmutter bedrohlicher vor als ihr Zetern und Schreien. Aber mit solcher Hartnäckigkeit wie jetzt hat die Großmutter noch niemals geschwiegen.

Oder nur in den Tagen nach dem Auszug der Männer *ins Ungewisse*, wie der Krieg hier genannt wird. Sicher auch damals, nach dem Tod ihrer Eltern. Aber daran kann Anna sich eigentlich nicht mehr erinnern. Sie war noch zu klein.

Und auch jetzt ist sie es noch. Wie kam sie bloß auf die Idee, sich Anna nennen zu wollen? Aberwitz auf Aberwitz auf Aberwitz.

Der Großvater musste die Hand gar nicht mehr gegen sie erheben. Hat nur lange geguckt und dann gefragt: Hast du schon nach der Kuh gesehen? Dabei musste er doch die Antwort wissen.

Der Großvater hat ganz vergessen, ein Mhm vorzubringen.

Annas Fuß schubst noch einen Stein an. Diesmal will er nicht rollen.

Was machst du da?, fragt Wadik.

Sieht man doch. Sagt Anna und meint eigentlich: den Hälsen aus dem Weg gehen im Dorf, die biegsam sind wie Halme im Wind, den Köpfen, die sich seit der Sache mit der Realität nach ihr umdrehen, den Großeltern, allen.

Meint eigentlich: Wie lange guckst du schon zu? Meint eigentlich: Seit wann schleichst du dich so an? So von hinten? Meint eigentlich: Wärst du nicht besser im Wald geblieben? Meint eigentlich alles zusammen.

Aha.

Ja.

...

Hilft es denn?

Was?

Na, die Zeit totzuschlagen.

Sagt Wadik und blickt auf den Stein, den Annas Fußspitze eben noch einen Zacken zur Seite befördert hat. Lässt ihn etwas weiterkullern.

Hilft es?

Zeitweilig. Schon.

Es gibt viele Arten, die Hände in den Schoß zu legen, sie auf eine stille und verzweifelte Art ruhen zu lassen, ohne auch nur ansatzweise ruhig zu sein. Dazu gehört: mit Steinen spielen. Dazu gehört: sitzen, wo man stehen könnte, und stehen, wo man gehen könnte, nach vorne, wohlgemerkt.

Dazu gehört eine ganze Bewegungsfolge, die Anna jetzt direkt vormachen könnte, eine komplizierte Ordnung, mit welchem Fuß und wie stark, in welche Richtung und mit welchem Gesichtsausdruck. Und natürlich: mit welchem Stein. Das ist eine Kunst für sich, das Auslesen des geeignetsten Steins im Hinblick auf seine Flug- und Kullerfähigkeit. Das darf man nicht auf die leichte Schulter nehmen, wirklich nicht.

Und wenn man es genau besieht, dann ist die Demonstration schon in vollem Gange, also bitte, hergeschaut.

Hier, ja, hier, nicht hin und her!

Anna kneift ein Auge zu (das ist nämlich entscheidend). Zielt. Der Stein landet, wie ein Stein eben landet, plumps und fertig, aber gerade darin liegt auch die Schönheit.

Weißt du, wie ähnlich du deinem Großvater bist?

Wie soll Anna Wadik erklären, dass sie manchmal selbst nicht weiß, wie ihr ist, nur dass eben immer mal wieder etwas schwer Begreifliches in sie fährt, dass sie an manchen Tagen wie die Großmutter rotiertrotiertrotiert, zwischen Haus und Fluss und Wald und Tieren und Gräsern und Geistern, und aber an anderen (so wie heute) auf einmal dasitzt und steht wie der Großvater und zu allem eine Wissenschaft zu predigen weiß. Es kommt schon mal vor, dass ihr der Mund offen stehen bleibt, wenn sie sich selbst zuhört dabei.

Anna sagt deshalb lieber: Na und?

Anna sagt deshalb lieber: Lass mich.

Anna sagt deshalb lieber: Und wenn schon?

Fast sagt sie auch: dass es von all dem, was sie tut, *ja doch weder kalt noch heiß werde*. Aber weil das mit dem kalt und heiß einer der Lieblingssätze des Großvaters ist, behält sie den besser für sich.

Wadik aber kann Gedanken lesen. Oder vielleicht kennt er auch nur die Floskeln, die hier alle kennen. Jedenfalls hält er ein Wedernoch für ganz und gar inakzeptabel. Sagt, dass von so einem Wedernoch keine Zukunft anbrechen könne, nicht einmal eine ganz armselige, dass von einem solchen Wedernoch ganz und gar nichts komme, schon gar keine

Zukunft, die er sich ja für seinen Teil heiß vorstelle, extrem heiß sogar, die Zukunft, wie er sie sich denke. Ganz sicher aber jedenfalls nicht lau.

Und Anna hat ganz offensichtlich keinen Schimmer, keinen blassen, was er da eigentlich sagt, kann nicht mithalten, so wie Wadiks Gedanken davongaloppieren. Aber ihre Gedanken rasen ja auch.

XL

Während Wadiks Gedanken noch galoppieren und traben und dann wieder losgaloppieren, während Anna versucht, aus sich oder aus Wadik oder aus den neuen Verhältnissen schlau zu werden, die nicht mehr die allerneuesten sind, während der Fluss nach wie vor fließt (was denn sonst), werden all die schönen Pläne überflüssig, die Wadik so schmiedet. Wadik allerdings weiß nichts vom Überflüssigwerden, vom Überflüssiggewordensein seiner Pläne, weiß nicht, dass es Ilja ist (wer denn sonst), der die Fäden gezogen hat dabei. Wobei *Fädenziehen* ein etwas zu delikater Ausdruck ist für die Aufgaben eines Dorfältesten. Jedenfalls sind Wadik und Anna immer noch mit Steinfragen beschäftigt, da ist die Realität längst abgeschafft und das Röhrchen recht beiläufig zerbrochen. Und nicht einmal einen Fluch hat es gegeben.

Sie sind die Letzten im Dorf, die davon erfahren.

Aber: Wie? Wann? Und vor allem: Was soll das bitte heißen? *Abgeschafft.* Was für ein Wort. Fort und weg und aus der Welt ist sie, die Realität, und Marfa Iwanowna will doch glatt wieder alle Ikonen zurückhängen, an ihre alten, angestammten Plätze, sie überschlägt sich, aber doch nur beinahe, gottseidank nur beinahe, bei ihrem Alter, bei ihren Knochen, der Gicht undsoweiterundsoweiter, wie ihr da die Worte nur so herauspurzeln, und bevor man irgendetwas fragen kann, ist sie schon weg, war ja klar.

Marfa Iwanowna?

Marfa Iwanowna?

Mar–?

Einer muss sie doch aufhalten, besser ist's, bevor sie wirklich und allen Ernstes und überhaupt, bevor sie Voreile walten lässt, wo allenfalls Eile geboten wäre, noch viel besser aber Um- und Weitsicht. Sagt nicht ein altes Sprichwort – aber ja, jaja, das ist die Eigenart alter Sprichwörter, immer etwas zu sagen. Zu sagen und zu sagen zu haben.

Ja, jaja.

Im Übrigen: Die Hälfte aller Sprichwörter denkt man sich sowieso nur aus. Bedarfsgerecht. Mag sein, dass es woanders anders ist, aber hier ist das nun einmal so. Alte Tradition.

Wo man schon bei alten Traditionen ist: Die Hälfte aller Sprichwörter – und das ist jetzt eine irgendwie andere Hälfte als die der ausgedachten, es kann ruhig mehr als nur eine einzige Hälfte geben, na, warum denn nicht – hat gewohnheitshalber wenig Verständnis für Fremde und Fremdes. Also: für Neuankömmlinge und Neues. Also: für Wadik und seine sogenannte Zukunft genauso wenig wie für sich breitmachende Realitäten. Der hat noch gar nichts begriffen, der sich im Ernst wundert, dass Wadik von nichts etwas gehört hat, Wadik, dem man schlicht und ergreifend NICHTS mitteilt.

Aber Anna?

War halt die Zeit über bei Wadik.

Aber Anna?

Ist doch ein Kind.

Aber Anna?

Hat sie nicht die Schürze voll Papier gehabt?

Aber, aber.

Nichts da.

Niemand hat Anna etwas gesagt. Erst hinterher.

Hinterher, da haben alle durcheinandergeredet.

Stimmengewirr. Ilja fragt: Müsste den Leuten nicht langsam mal die Zunge weh tun?

Noch so eine Redensart. *Die Zunge weh tun.* Von wegen. Das ist erst der Anfang. Ilja sagt: Ihm fallen schon die Ohren ab. Aber er war noch nie ein Mann der vielen, der wild wuchernden, der genüsslich ausufernden Worte.

Mhm.

•

Anna fragt noch einmal aufs Neue. Die dringlichsten Fragen, die sich ihr so stellen: Wie? Wann? Und vor allem: Was soll das bitte heißen: Abgeschafft? Kann mal bitte jemand Antworten geben, von denen einem nicht bloß der Kopf dröhnt, Antworten, aus denen man auch schlau werden kann.

Hallo? Kann mal jemand bitte. Aber erst muss man Marfa Iwanownas Voreile hinterher, kein einfaches Unterfangen, weiß doch jeder im Dorf, dass die Iwanowna nicht einzuholen ist.

Deshalb: Moment. Geht gleich weiter.

XLI

So. Jetzt.

Wo waren wir stehengeblieben? Ach so, ja, genau, also. Da ist eine Realität betrachtet und dann abgeschafft worden, Zuständigkeit des Dorfältesten, des Weißbärtigsten, des Röhrchenkundigsten.

Da sind keine Kinder konsultiert worden, nichts für ungut, sagt man nun zu Anna, aber.

Da sind auch keine Fremden konsultiert worden, nichts für ungut, sagt man nicht zu Wadik, denn für Selbstverständlichkeiten pflegt man sich nicht zu entschuldigen.

Wadik sagt nichts, sein Gesicht ist eine Oberfläche, so glatt, dass man nicht weiß, woran man sich da halten soll, also hält man es besser mit der Tradition, und die sagt: Wenn wer nicht seit mindestens soundso viel Generationen im Dorf verwurzelt ist, mit tiefen, knotigen Wurzeln, dem ist nicht zu trauen, so viel ist sicher.

Noch dazu in Zeiten wie diesen, wo man nicht recht sagen kann, was man daraus machen soll, dass die Gefechte angeblich ein Ende gefunden haben, niemand aber heimgefunden hat, sagen wir mal optimistisch: noch nicht.

Stattdessen ist da Wadik, an dem manche so einen großen Narren gefressen haben – warum eigentlich? Und diese Realität, die man abgeschafft hat und fortgeschafft, als man sie gerade noch so abschaffen und fortschaffen konnte, gemeinsam und mit der nötigen Entschlossenheit.

Halt. Ihr sagt doch jetzt nicht, dass Wadik –

Aber warum denn nicht, kleine Anna? Spricht denn Wadik nicht auch von *der Zukunft?*, fragt das Dorf.

Fragt sogar die Großmutter, der das Messer heruntergefallen ist.

Nur der Großvater stoppt sie. Auf seinen Adepten lässt er nichts kommen, aus, Ende der Diskussion, auch wenn das Innere von Wadiks Kopf für den Großvater genauso unergründlich bleibt wie für die anderen hier in der Runde. Sagen wir: *so unergründlich wie die tiefsten Tiefen des Flusses*, für dessen Botschaften der Großvater noch nie empfänglich war und also auch jetzt nicht.

Wadik sagt nichts, aber sein Gesicht sagt einiges, wenn man es nur zu lesen weiß, ist eigentlich gar keine glatte Oberfläche, an der alles nur abprallt. Oder vielleicht ist es nur sein Blick, der eine solche Oberfläche ist. Ein Gesicht ist aber etwas ganz anderes als ein Blick. Zum Beispiel sagt das Gesicht, so oberhalb der Nase, ja, ganz besonders da sagt das Gesicht in Andeutungen von Poren und Furchen, wenn man sie, wie Anna hier, zu deuten weiß: dass Wadik sich irgendwie betrogen fühlt, um all die schönen geschmiedeten Pläne, um all die aktive Aktivität, mit der er sich so gern brüsten wollte. Dass es eine Schande ist, dass er nicht derjenige war, der. Dass er beim nächsten Mal aber ganz sicher derjenige sein will, der, dass er ganz sicher derjenige sein will, der die Zukunft anbrechen lassen wird. Das wird er sich nicht nehmen lassen, das nicht.

Wäre er ein Wolf, denkt Anna, dann wären seine Ohren jetzt aufgestellt, würden sich lautlos und nachdenklich drehen, zu Verborgenheiten hin, die ihm der Wind zuträgt.

Wie kommt sie denn jetzt auf einen Wolf?

Wie auch immer. Jedenfalls ist da eine Realität abgeschafft worden, Zuständigkeit des Dorfes, der Frauen und Männer. Aber war die Realität nicht gerade noch aus Haut und Knochen, Fleisch und Blut, hörte die Realität nicht eben noch auf zwei Namen, Mitja und Kostja, zwei schöne, alte slawische Namen, Dimitrij und Konstantin?

Aber, aber, Anna, was für Fragen.

Verschwundene Männer. Nein, spurlos nicht. Im Übrigen auch: die Ersten nicht. Die Letzten nicht.

Verschollen bleiben ferner: Pjotr. Warwaras Mann. Verschollen bleiben außerdem – du bist nur zu jung, dich an ihre Gesichter zu erinnern, kleine Anna. Die Liste der Toten ist lang, kleine Anna, wer kann sie schon aufsagen, kleine Anna, die ganze Namensliturgie, die Riege an toten Seelen, niemand führt hier Buch, und die nächste Kreisstadt ist zu weit, als dass man sie wegen jedem bisschen gleich behelligen würde.

Es gibt grundverschiedene Arten des Verschwindens, denkt Anna, aber sie weiß es besser, als ihre Einwände laut vorzutragen, wo man sie nicht hören will. Sie ahnt ziemlich genau, dass der Großvater die Realität ganz besonders ihretwegen abgeschafft hat, das heißt: wegen der Schürzentasche. Wegen der Kuh und des Selbstgebrannten auch, aber hauptsächlich wegen der Schürzentasche, den Tag verfluchend, an dem die Großmutter mit geschickten Fingern zum Faden griff, routinierte Handbewegung, ruckedizuck. Weder das Röhrchen noch der Fluss haben rechtzeitig Weissagungen ausgesprochen.

Wo bleiben nur die Geisterstimmen, wenn man sie braucht.

XLII

Niemand will es gewesen sein.

Man sagt, das Röhrchen ist durch die Zeiten zerbrochen. Darauf kann man sich mit einiger Leichtigkeit einigen. Man sagt: Der Wind hat die Dämpfe über den Fluss getragen, nur das Glas war zum Fliegen zu schwer. Es tut einem leid um den Iljianismus. Was wird jetzt aus ihm?

Wadik sammelt still die Scherben auf, trotz allem getreue Seele an der Seite des Meisters, dem das Bücken immer schwerer fällt. Auch lässt Iljas Augenlicht langsam nach.

Inna Nikolajewna sagt: Die Elstern, die Krähen, die Raben waren flinker, haben sich schon ihren Anteil geholt, seht ihr nicht, wie es da glitzert in den Baumkronen? Man reckt die Köpfe in die Höhe und denkt: Das Glas ist doch geflogen.

Aber was macht das schon, denkt Ilja. Leises Seufzen.

Zu Wadik sagt er: Komm. Lass uns an den Fluss gehen.

Und dann gehen sie gemeinsam an den Fluss, zwei hagere Gestalten mit traurigen Augen, die eine etwas krummer als die andere.

Ilja denkt: Dieser Junge hat uns da was eingebrockt, wie grün kann man hinter den Ohren bloß sein, ein solches Blatt ins Dorf zu tragen. Aber für das Röhrchen hat er ein Händchen.

Für das, was vom Röhrchen geblieben ist, was zugestandenermaßen nicht viel ist.

Von hier, denkt Ilja, wird dieser Junge nie sein. Was nicht zu ändern ist, nun ja. Auch seine Augen werden nicht mehr zu ändern sein; für diese Prophezeiung braucht er kein Röhrchen. Müde. Hat das Marfa Iwanowna nicht gleich über Wadik gesagt? Eine Müdigkeit von der Sorte, die zu viel gesehen hat und ahnt, dass das noch längst nicht alles war.

Der Fluss ist kalt, und die Fische sind leichtsinnig genug, sich fangen zu lassen, obwohl der Köder wirklich ganz und gar erbärmlich ist. Der Himmel ist ein verwaschenes Grau.

Wadik sagt, da, wo er herkommt, hat der Himmel exakt die gleiche verwaschene Farbe. Es ist das erste Mal, dass er von seiner Heimat spricht. Wo er herkommt, sagt er, sind sogar die Fische von exakt der gleichen Leichtsinnigkeit.

Es klingt so, als würden ihm diese anderen Fische sehr fehlen.

Wadik stiert ins Wasser. Ilja stiert ins Wasser.

Das Wasser stiert zurück. Ob es dem Wasser wohl etwas ausmacht, dass sie sich auf die Seite des Röhrchens geschlagen haben? Mit einer Heftigkeit, die andere nur für den lieben Herrgott reservieren – wobei nicht gesagt ist, dass der nicht auch unlieb sein, sich von allen möglichen Seiten zeigen kann.

Wer wird den Wettkampf im Stieren gewinnen?

Ilja fühlt sich alt. Als laste mit jedem Tag ein Zeitalter mehr auf seinen Schultern, die ganze irrsinnige Menschheitsgeschichte, zentnerschwer und bleiern. Es kann im wahrsten Sinne des Wortes nur eine Frage der Zeit sein, bis seine Beine unter dem Gewicht nachgeben müssen.

Ilja sieht den Jungen neben sich an. Fragt sich, welchem Gewicht er wohl standhalten kann. Wie lange. Die Zeit, denkt Ilja, wird nichts richten, was sie nicht richten will.

Richten, anrichten, aber warum denn nicht, regelrecht, rechtens, Recht. Die Zeit wird vielleicht sogar irgendein Recht zu finden wissen, das ihr gerade in den Kram passt. Kraft der Imagination. Es gibt nichts, was undenkbar wäre. Auch ein Albtraum ist schließlich ein Traum.

Ilja sieht durch den Jungen neben sich hindurch. Als wäre Wadik auf einmal transparent, durchscheinend, seine Haut nur wie eine dichtere Luft. Ilja sieht durch Wadik hindurch, und auf der anderen Seite sieht er einen anderen Wadik, den Wadik von morgen oder übermorgen, wie er dasteht in der Mitte des Marktes und unbeirrt predigt von Zukünften, die vielleicht kommen werden oder auch nicht.

Wie der Markt ihm nachsichtig zuhört, so wie er Warwara zuhört, wenn es gerade nichts Dringliches gibt.

Wie der Markt sich allmählich an den Klang von Wadiks Stimme gewöhnt, Tonlage im Stimmenorchester, Rauschen im Rauschen der Stimmen.

Eigentlich sieht der Wadik von morgen nicht viel anders aus als der Wadik von heute, nur dass er einen langen Bart hat und das Röhrchen kein Röhrchen mehr ist, sondern auf dem Tisch sorgfältig nebeneinander ausgebreitete Scherben und Splitter. Hat der Wadik von morgen auch eine Frau?

Na, denkt Ilja, aber bevor er weiter über den Wadik von morgen nachdenken kann und was sich wohl so gehören mag im Dorf von morgen, hustet der Wadik von heute. Vielleicht ist es auch mehr ein Räuspern. Der Wadik von heute sieht schrecklich besorgt aus. Fragt:

Und jetzt?

Ilja denkt, dass er damit das Röhrchen meint. Klopft ihm etwas zu stark auf die Schulter (es ist freundlich gedacht). Sagt: Wird schon gehen. Sagt: Das Glas muss nicht heil sein, um über die Schwankungen der Luft, den Regen, die Ernte, die Zeiten Aufschluss zu geben.

Der Wadik von heute ist beruhigt, dass das Röhrchen nicht verloren ist, obwohl es wirklich ganz und gar zerbrochen ist. Aber er hat mit seiner Frage etwas anderes gemeint. Oder er hat nur unter anderem das Röhrchen gemeint und unter anderem eben noch etwas Zweites. Jedenfalls wiederholt er, als hätte er Iljas Antwort gar nicht gehört:

Und jetzt?

Durch jemanden hindurchsehen ist nicht in jemanden hinein. Es steht zu vermuten, so wird das Dorf es nachher den Kindeskindern erzählen, dass Wadiks Gedanken noch an verwaschenen Himmeln und Fischen hingen, während Iljas Kopf schon ganz woanders war.

Und jetzt?

Flüstert Wadik, als wüsste er nicht längst schon die Antwort, die ihn erwartet: *Du kannst nirgendwohin zurück, oder?*

Sie befestigen eine Scherbe als Schwimmer. Es sind schließlich genug da.

XLIII

Und dann? Was passiert dann? Und danach? Und dann nach dem Danach? Und danndanndann? Immer kommt schließlich ein Dann, immer folgt ein Wetter dem nächsten, eine Windrichtung auf die andere, gibt ein Wort das nächste. Nur das Dann, das jetzt kommt, das hat man so nicht erwartet.

Es ist der mit den sauberen Nägeln. Der mit der Wampe, der mit dem festen Tritt, der Teufel mit den vielen Namen, der ist es. Der Teufel kommt ein letztes Mal in das Dorf, aber schon gar nicht mehr richtig, bleibt auf keinen Schluck, ist schon gar kein richtiges Dann mehr, nur noch ein bloßes Streifen, ein Luftzug, eine Beiläufigkeit auf dem Durchmarsch, die sich im Wirbel der Zeiten verliert.

Vom Luftzug erfährt man, dass der Gutsbesitzer, den man so unverrückbar wähnte auf seinem Gut, schon einige Tagesreisen lang vom Zeitenwirbel erfasst worden ist. Zu Verwandten sei er, ins Ausland, wo auch immer das sei.

Familienbesuch, sagt der Teufel und lacht schallend; der Gutsbesitzer hat noch nie seine Familie besucht.

Und dann: Ist auch der Teufel weg. Und ein paar Flaschen mit dazu, aber das merkt man erst später. Dahin, wohin nur betrunkene Teufel wankend schreiten können. Ins Ausland sicher nicht.

Aber weiß man's?, wird Marfa Iwanowna sagen und die Flaschen bedauern, die aus ihren Vorräten stammen.

Und dann: Während die Luft und die Zeiten sich immer komplizierter verwirbeln, bleiben Wadik und Ilja am Fluss, zweimal zwei Augen auf Angelschnüre gerichtet, zweimal zwei Augen auf Scherben an Schnurenden, zweimal zwei Augen auf den Horizont und auf Schatten, die sich daran abzeichnen, wenn man fest, fester, ganz fest die Augen zukneift. Zweimal zwei Rücken, zweimal zwei Beine, wohin sollen sie schon gehen. Wenn sie die Augen schließen, können sie weitere Realitäten über den Fluss kommen sehen – Mitjas und Kostjas und wie sie alle heißen. Wenn sie die Augen schließen, können sie sehen, was man mit offenen Augen nicht sehen kann.

Da muss es doch ein Sprichwort geben, denkt Ilja. Wie ging das noch gleich?

Die Arbeit an dem Roman wurde ermöglicht durch das Arbeitsstipendium Literatur des Berliner Senats sowie durch die Literaturförderung der GWK. Konzentrierte Stunden am Schreibtisch schenkten die Berliner Akademie der Künste mit einem Aufenthalt im Alfred-Döblin-Haus in Wewelsfleth und das Künstlerhaus Lukas mit einem Zimmer in Ahrenshoop. Für inspirierende Diskussionen gilt mein aufrichtiger Dank der Grazer Werkstatt für junge Literatur, der Autorenwerkstatt Prosa des Literarischen Colloquiums Berlin, der Meisterklasse der Berliner Festspiele, der Schreibwerkstatt der Jürgen-Ponto-Stiftung im Herrenhaus Edenkoben sowie der Romanwerkstatt im Literaturforum des Brecht-Hauses.

•

Wertvolle Einsichten verdanke ich nicht zuletzt Orlando Figes: Die Tragödie eines Volkes. Die Epoche der russischen Revolution 1891 bis 1924, Berlin 1998. Das Märchen vom Bären Drückalletot lässt sich unter der Überschrift «Vom Haus, das der Fliege gehörte» nachlesen in: Alexander N. Afanasjew: Russische Volksmärchen, Bd. 1, München 1985, S. 88 f.

Die Rowohlt Verlage haben sich zu einer nachhaltigen Buchproduktion verpflichtet. Gemeinsam mit unseren Partnern und Lieferanten setzen wir uns für eine klimaneutrale Buchproduktion ein, die den Erwerb von Klimazertifikaten zur Kompensation des CO_2-Ausstoßes einschließt.

www.klimaneutralerverlag.de

FSC www.fsc.org

MIX

Papier aus verantwortungsvollen Quellen

FSC® C083411